AF196155

Tucholsky Wagner Zola Scott Sydow Freud Schlegel
Turgenev Wallace Fonatne
Twain Walther von der Vogelweide Fouqué Friedrich II. von Preußen
Weber Freiligrath Frey
Fechner Fichte Weiße Rose von Fallersleben Kant Ernst Frommel
Engels Fielding Hölderlin Richthofen
Fehrs Faber Flaubert Eichendorff Tacitus Dumas
Feuerbach Maximilian I. von Habsburg Fock Eliasberg Zweig Ebner Eschenbach
Ewald Eliot Vergil
Goethe Elisabeth von Österreich London
Mendelssohn Balzac Shakespeare
Lichtenberg Rathenau Dostojewski Ganghofer
Trackl Stevenson Hambruch Doyle Gjellerup
Mommsen Tolstoi Lenz Droste-Hülshoff
Thoma von Arnim Hanrieder
Dach Verne Hägele Hauff Humboldt
Reuter Rousseau Hagen Hauptmann Gautier
Karrillon Garschin Defoe Baudelaire
Damaschke Descartes Hebbel Hegel Kussmaul Herder
Wolfram von Eschenbach Dickens Schopenhauer
Bronner Darwin Melville Grimm Jerome Rilke George
Campe Horváth Aristoteles Bebel Proust
Bismarck Vigny Barlach Voltaire Federer Herodot
Gengenbach Heine
Storm Casanova Tersteegen Grillparzer Georgy
Chamberlain Lessing Langbein Gilm Gryphius
Brentano Claudius Schiller Lafontaine
Strachwitz Bellamy Schilling Kralik Iffland Sokrates
Katharina II. von Rußland Gerstäcker Raabe Gibbon Tschechow
Löns Hesse Hoffmann Gogol Wilde Vulpius
Luther Heym Hofmannsthal Gleim
Roth Heyse Klopstock Klee Hölty Morgenstern Goedicke
Luxemburg Puschkin Homer Kleist
La Roche Horaz Mörike Musil
Machiavelli Kierkegaard Kraft Kraus
Navarra Aurel Musset Moltke
Nestroy Marie de France Lamprecht Kind Kirchhoff Hugo
Nietzsche Nansen Laotse Ipsen Liebknecht
Marx Lassalle Gorki Ringelnatz
von Ossietzky May Klett Leibniz
vom Stein Lawrence Irving
Petalozzi Knigge
Platon Pückler Michelangelo Kafka
Sachs Poe Kock
Liebermann Korolenko
de Sade Praetorius Mistral Zetkin

Der Verlag tredition aus Hamburg veröffentlicht in der Reihe **TREDITION CLASSICS** Werke aus mehr als zwei Jahrtausenden. Diese waren zu einem Großteil vergriffen oder nur noch antiquarisch erhältlich.

Symbolfigur für **TREDITION CLASSICS** ist Johannes Gutenberg (1400 — 1468), der Erfinder des Buchdrucks mit Metalllettern und der Druckerpresse.

Mit der Buchreihe **TREDITION CLASSICS** verfolgt tredition das Ziel, tausende Klassiker der Weltliteratur verschiedener Sprachen wieder als gedruckte Bücher aufzulegen – und das weltweit!

Die Buchreihe dient zur Bewahrung der Literatur und Förderung der Kultur. Sie trägt so dazu bei, dass viele tausend Werke nicht in Vergessenheit geraten.

Unabhängigkeit

Ottilie Wildermuth

Impressum

Autor: Ottilie Wildermuth
Umschlagkonzept: toepferschumann, Berlin

Verlag: tredition GmbH, Hamburg
ISBN: 978-3-8424-1323-8
Printed in Germany

Ottilie Wildermuth

Aus dem Frauenleben. Erster Band.

1 8 6 2

Unabhängigkeit

Erzählung in Briefen

*

Es wird des Glaubens heil'ge Flamme
Erst hell im Herzen angefacht,
Wenn wir des Herzens liebste Träume
Als stilles Opfer dargebracht.

Drum, wenn das stille Leid dir nahet,
So werde dir recht innig kund.
Es ruht die edelste der Perlen
Auf der Entsagung dunklem Grund,

Und Hast die Perle du errungen,
Erblühe freundlich dein Geschick;
Weit über Bitten und Verstehen
Gibt uns der Herr das rechte Glück,

Als Gottes Diener, Gottes Hausgenossen
In Demuth willig und in Liebe frei,
Das Ihre schaffen froh und unverdrossen,
In kleinen Dingen zeigen große Treu.

Spitta.

*

Helene an Lottchen.

Grünberg, im März 1832.

Weißt Du noch, liebes Lottchen, wie oft Ihr in der Pension über mich gelacht habt, wenn ich Euch feierlich über einen Vorsatz um Rath befragte und Euch dann hinterher meinen bereits unabänderlich gefaßten Entschluß verkündete, der meistens sehr im Widerspruch stand mit Eurer Meinung?

Diesmal will ich ehrlicher sein und Dir zum Voraus sagen, daß für meinen neu gefaßten Entschluß der gute Rath zu spät käme. Ich habe mich nämlich an Madame Coulin mit der Bitte gewandt, mir eine Stelle als Erzieherin zu verschaffen, und habe bereits zwei Anträge meinen Eltern zur Begutachtung vorgelegt.

Nicht wahr, das ist schnell gekommen? Und nun, mein allerliebstes, vortreffliches Lottchen, die Du allezeit die Weiseste und die Bravste unter uns warst, aber auch allezeit die Freundlichste: sei auch diesmal so freundlich, meinem Entschluß beizustimmen! denn ruhig bin ich doch nicht, wenn Du nicht damit einverstanden bist.

Mein Vater hat mir die Einwilligung weniger schwer gemacht, als ich gefürchtet; denkt er vielleicht, unsere Verhältnisse seien der Art, daß einst Notwendigkeit werden könne, was jetzt freie Wahl ist? »Versuch's in Gottes Namen und verstoß' dir den Kopf in der Welt draußen, wirst gern wieder heimkommen!« sagt er.

Die Mutter nimmt es schwerer und räth mir ernstlich ab. Sie meint es gut, und ich glaube, sie fürchtet auch, als böse Stiefmutter zu erscheinen, die das Kind aus dem Vaterhause treibt. Damit hat's gute Wege. Jedermann weiß, daß sie sich gut und treulich um des Vaters Haushalt und um die Geschwister angenommen, und wenn mir's auch zu Anfang weh gethan hat, die selige Mutter so bald ersetzt zu sehen, und wenn ich auch nicht gerne mein Hausregiment wieder abgegeben, so habe ich doch bald eingesehen, daß ich Jugendfreude und Jugendfrische verloren hätte in den Sorgen des Haushaltes und der Plage mit den Kindern, und ich sehe nun die Zügel neidlos in reiferen Händen.

Freilich meint die Mutter, ich solle zunächst mein Talent im Unterrichten an den kleinen Geschwistern üben; ich habe es auch schon versucht, aber es geht wahrhaftig mit Geschwistern nicht gut: der eigentliche Respekt fehlt. – Es gibt ja gute Schulen hier, und – zuletzt könnte ich aus der Gouvernante leicht zum Kindermädchen werden.

Ich verlasse die Heimath nicht, um müssig zu sein; was ich gelernt, soll Früchte tragen. Ich sehne mich nach geistiger Thätigkeit, – und erstens und letztens: ich sehne mich hinaus, hinaus in eine freiere, frischere Lebensströmung. Ich habe es satt, dies Leben einer Kleinstadt, diese Bälle, wo ich die erste Tour mit dem Gerichtsaktuar tanze und die zweite mit dem Oberamtsaktuar und die dritte mit dem Assistenten und so fort, bis die Reihe wieder an den Gerichtsaktuar kommt; diese Kaffeevisiten, wo die Frauen verhandeln, wie vielfache Aussteuer ihr Minele bekommt, und die Mädchen sich erzählen, wer ihnen die Kur mache und wer sie ihnen vielleicht auch noch gemacht haben würde. Ich will Freiheit, Unabhängigkeit, auf einem Wege natürlich, wo sie einem Mädchen zugänglich ist.

Dieses gutgemeinte, tägliche, stündliche Kontroliren meines Thun und Lassens (so wenig ich im Elternhause über Zwang und Beschränkung klagen kann), dies ewige Fragen: Was thust du, Helene? Wohin gehst du, Helene? Willst du denn dies Kleid schon für Werktags anziehen?« wird mir nachgerade unerträglich; und Ihr mögt sagen was Ihr wollt von den Schattenseiten des Gouvernantenlebens, laßt mich nur einmal in der Welt draußen sein, ich weiß gewiß, da wird alles anders und besser. Wie? kann ich freilich noch nicht sagen, aber ich weiß, daß ich mich freiwillig in alles fügen kann, während mir gezwungen das Kleinste sauer geschieht, darum wird mir bei einem selbstgewählten Beruf nichts zu schwer werden, und ich halte die vielen Einwürfe gegen ein Leben, das nun einmal von unsren philisterhaften Verhältnissen verschieden ist, für leeres Vorurtheil.

Tante Merz meinte mit bedeutsamem Lächeln: es gäbe ja noch andre Wege für Mädchen, um selbstständig zu werden: ich sei hübsch, der Vater angesehen, da werde sich's schon noch schicken mit einer guten Parthie, u.s.w. – Da kam sie mir eben recht! Davor behüte mich Gott, daß ich dasitzen sollte und auf einen Mann warten! Nein, nichts empört mich mehr, als wenn man das für das einzige Lebensziel, für das höchste Glück für Mädchen ansieht.

Die erste der mir angebotenen Stellen ist bei einer Professorswittwe in der Schweiz, die mich freundlich bittet, ihr als Freundin und Gehilfin bei dem Unterricht ihrer Kinder beizustehen, – das lautet hübsch und gemächlich, aber ich fühle schon, das wäre die alte Sauce wieder: dieselbe kleinliche Beschränkung. Ich bin gesonnen, die andre bei einer gräflichen Familie auf Schloß Welsen, in Preußen, einige Meilen hinter Berlin, anzunehmen.

Meine Stellung dort wird vielleicht einsamer, gewiß aber freier und unabhängiger, und dann – ich gestehe Dir, das Leben der Schlösser hat einen gewissen Reiz für mich: ein Dasein in edlen und schönen Umgebungen, überhoben der Gemeinheit des Alltagslebens, der kleinlichen Sorgen und Mühen, in denen sich in unsern Verhältnissen die edelste Kraft der Frauen verzehrt, – und ich möchte dies Leben einmal beim Lichte besehen.

So ist denn dies vielleicht der letzte Brief, den Du von mir aus der Heimath erhältst, und wenn Dir die Putz- und Waschfeste Deiner Tante und die Staaren Deines Onkels freie Zeit lassen, so komm noch einmal, mich zu sehen.

Wenn ich an Deiner Stelle wäre, ich wüßte, was ich thäte: mit Deinen Talenten, mit Deiner unvergleichlichen Umgangsgabe bist Du wahrhaftig zu gut zur Sklavin kindischer Launen.

Mich halte nimmer zurück, liebes Herz, nicht einmal mit Deinen Gedanken, so lieb und so treu sie sind!

Laß mich hoffen, laß mich wagen,
Denn die Götter leihn kein Pfand.

Laß mich hinaus, wohin der innerste Zug meines Wesens mich führt, der Zug nach Unabhängigkeit! Nah und fern in Liebe

Deine Helene

*

Lottchen an Helene.

Liebste Helene!

Wenn ich ein Vöglein wär'
Und auch zwei Flüglein hätt'
Flög' ich zu dir,
Weil's aber nicht kann sein, nicht kann sein:
Bleib ich allhier.

So hab ich nun schon manch liebes Mal in meinem Leben gesungen und gedacht, und das »nicht kann sein,« sollte ich wohl auswendig können, und doch fällt es manchmal noch schwer. Es sind recht lehmerne Schwingen, die diesmal meinen letzten Flug zu dir hemmen: Tante hält es für rein unmöglich, unsre große Wäsche zu verschieben, natürlich noch viel unmöglicher, mich während dieser Zeit ein paar Tage fort zu lassen, und so muß ich mich begnügen, den eilenden Wolken, die ich morgen auf dem Trockenplatz Gelegenheit habe zu beobachten, Grüße für Dich mitzugeben. Wer hätte auch gedacht, daß die Frau Gräfin so bald schon Ansprüche auf Dich machen würde! ich meine, es hätte den Komtessen vielleicht auch nicht geschadet, wenn man sie ein Paar Wochen unerzogen gelassen hätte.

Nun, weil es denn sein muß, mein liebes Herz, so leb wohl und reise glücklich! Gott behüte Dich und geleite Dich, und wenn er Dich nicht Alles finden läßt, was Dein Herz sucht, so möge er Dir etwas Besseres dafür bescheeren. Ich meine, Dir *könne* es nicht schlimm gehen, und ich will Dir auch das Herz nimmer schwer machen mit meinen Bedenken, auch wäre das wohl nicht so leicht bei meiner sichern, freien Helene, die ihres Weges so gewiß ist. Deiner Tante mußt Du nicht so böse sein um ihren gutgemeinten Wunsch. Wenn sie uns Mädchen nichts Besseres und Lieberes zu wünschen weiß, als einen Mann, so ist das immerhin ein Zeichen, daß *sie* mit dem ihrigen glücklich gewesen; *meine* Tante, das weißt Du wohl, die spricht anders.

Wenn man ihr von Bekannten die Geburt eines Mädchens anzeigt, so seufzt sie: »auch wieder ein so armer Tropf weiter auf der Welt!« Wenn sie einem Hochzeitzug begegnet, so versichert sie, sie möchte lieber einen Leichenzug sehen, und doch ist's der guten Tante, so viel ich weiß, gar nie schlimm gegangen auf der Welt, und der Onkel ist die beste Seele, seine kleinen Eigenheiten abgerechnet. Nun, man muß ihr das zu gute halten; wenn sie auch die Welt für ein Jammerthal ansieht, so thut sie doch viel in ihrer Weise, den Jammer zu mildern; sie ist sehr gut gegen Arme, und um dies bittre Leben zu versüßen, backt sie wenigstens Bisquittorten für alle Welt.

Ich meines Theils gönne allen Mädchen ihr Bischen Leben von Herzen; wenn's keiner schlimmer geht als mir, so haben sie Alle Grund, sich ihres Daseins zu freuen. Ich könnte eh Mitleid mit den armen Männern haben, wenn ich nicht dächte, daß sie doch auch auf der Welt sein müßten. Was ist das für ein Leiden, bis man weiß, was so ein Junge werden soll, was für eine Sorge, ob man auch das Rechte errathen! Soll er studiren, so geht das Drangsal mit Examen an; hat er die gemacht, so suhlt er sich nicht befriedigt von seinem Fach; bleibt er in seinem Fach, so bekommt er lang keinen Dienst; hat er einen Dienst, so hat er noch kein Weib; ist er Kaufmann, so will er sich etabliren und kann falliren; ist er Apotheker, so muß er sich nach einer Wittwe oder Erbtochter mit einer anerstorbenen Apotheke umsehen; kurz – aber Du wirst denken, ich habe von der Tante lamentiren gelernt. Wie gut haben's wir Mädchen dagegen! immer etwas zu thun, Dienste genug und kein Examen, und dürfen warten in aller Stille, wozu uns der liebe Gott brauchen will. Doch ich vergesse, daß ich zu meiner stolzen Helene rede, die ihr Schicksal selbst gestalten will!

»Wenn Du an meiner Stelle wärest, so wüßtest Du was Du thätest?« Liebe Seele, wenn Du ich wärst, so bliebest Du wo Du bist. Wenn ich Gott alle Morgen bitte, mir mein reichlich Tagewerk in diesem meinem kleinen Kreise anzuweisen, so ist das, glaub' ich, pure Bequemlichkeit, weil mir's so sauer würde, wenn ich mich erst auf meine Bestimmung besinnen müßte. Du meinst, ich versplittere meine Zeit und Kraft in elenden Kleinigkeiten? Liebe Helene, wenn ich denen gehorsam bin, die mir an der Stelle der Eltern sind, so wird mir's nicht zum Unrecht werden, auch wenn nicht alles, was ich thue, einen besondern Nutzen und Zweck für die Menschheit hat. Es mag sein, daß ich an andern Orten mehr wirken und – vielleicht besser für meine Zukunft sorgen könnte, als hier, aber ich glaube doch nicht, daß ich vergeblich hier bin, und es ist gewiß Gottes Wille, der mich an diese Stelle setzte.

Zu thun habe ich einmal genug, vom frühen Morgen, wo ich des Onkels Essigkolben arrangire, seine Amseln und Staaren füttre und seine Wetterglasbeobachtungen zu Protokoll bringe, bis Nachts, wo ich alle Stühle in Ueberzüge hülle und auf den Gang stelle, damit sie in der Früh schon draußen stehn, wenn das Zimmer gekehrt wird, und bis ich die siebenhundert Töpfchen alle in ihrer Ordnung erhalte und sorge, daß die Katze kein Schüsselchen bekommt, aus dem der Hund schon gefressen hat, und bis ich die Thürklinken polire und in Leder wickle, und die Asche siebe, aus der verschiedene Laugen gegossen werden, zur Reinigung des Geschirrs je nach seinen vielerlei Rangklassen, – o, ich sage dir, es ist eine komplizirte Tagesordnung, und damit mir das Geschäft nicht entleidet, habe ich gelernt, es mit so viel Interesse zu thun, daß mir oft selbst bange wird, ich könnte einmal gerade so werden, wie meine arme, gute Tante, und die ist sich doch selbst zur Last mit ihren Wunderlichkeiten.

»Aber das sind erbärmliche Beschäftigungen, eines denkenden Wesens unwürdig!« rufst Du aus. Schatz, ich sage Dir, ein undenkendes Wesen könnte gar nicht damit fertig werden, und erbärmlich ist am Ende nichts, was zur Zufriedenheit eines Menschen beiträgt.

»Aber Deine Verwandten *sollen* nicht ihre Zufriedenheit in solchen Elendigkeiten suchen!«

Theuerste, ich habe gar nichts dagegen, wenn Du die jungen Weltbürger, die nun Deiner achtzehnjährigen Leitung anvertraut werden, zu freien, starken Menschen erziehst, frei von dem Hängen an Kleinigkeiten, zu gut, um andere zu quälen mit selbstgeschaffenen Lasten, – thue das nur und laß keine sogenannten Eigenheiten an ihnen aufkommen; ich mach es auch so mit dem einzigen Menschen, den ich zu erziehen habe, mit mir selbst nämlich. Aber meine alte Tante werden wir zwei schwerlich mehr anders ziehen, und nun sie so ist, so ist's ja doch besser, es geschieht im Frieden, was sonst unter Zank und Streit geschehen müßte.

»Aber das könnten bezahlte Personen von geringeren Fähigkeiten verrichten,« lautet einer Deiner weitern Einwürfe. Da verstehst Du's wieder nicht; bezahlte Personen bleiben erstens nicht da und zweitens thun sie's nicht und drittens, wenn sie's thun, so sind sie grob.

Es gehören gar keine so geringen Fähigkeiten dazu, diplomatisch zwischen den Staaren, Amseln, Kaninchen und Essigkolben des Onkels, und zwischen den reinen Fußböden, weißen Gardinen, polirten Feuerzangen und angezogenen Tischfüßen der Tante durchzusegeln, ohne auf beiden Seiten anzustoßen, dem Azur, Mignon und Nero der Tante gerecht zu sein, ohne die vier Katzen des Onkels zu beeinträchtigen. Eh ich kam, hat die Tante vierzehn Hausjungfern nacheinander gehabt und unzählbare Mägde, nun walte ich und Christine doch schon seit zwei Jahren einträchtig neben einander, ein unerhörter Fall in den Annalen des Hauses; und wenn Christine sagt: »ich halt's eben nimmer aus,« so sag ich: »ich thät's doch noch einmal probiren,« dann tröstet sie sich wieder mit dem Gedanken: »ja Sie sind freilich noch ärger geschoren, Jungfer Lotte,« und es geht wieder.

Aber da komm ich in ein Schwatzen und Plaudern hinein über meine Angelegenheiten, und Du hast jetzt so viel nöthiges und wichtiges zu bedenken und ich wollte nichts als Dir Lebewohl sagen.

Das nächstemal sollst Du erst noch mehr hören, über die Lichtseiten meiner Existenz, die gar nicht unbedeutend sind, zumal seit wir auf dem Lande wohnen.

Für heute aber nichts mehr, als leb wohl, leb tausendmal wohl, meine Liebe! Ich weiß keinen bessern Wunsch auf Deinen Weg als den Schluß des alten Reiseliedes:

Gott führ' uns ein, Gott führ' uns aus
Bis an der ew'gen Heimath Haus.

Behüt Dich Gott und denk an

Deine Lotte.

*

Helene an Lottchen.

Schloß Welsen, im Juni 1832.

Der erste Gruß, der dir aus meiner neuen Heimath zufliegt, meine Theure! Heimath? das wäre für den Anfang fast zu viel gesagt, was aber nicht ist, kann ja noch werden.

Seit acht Tagen bin ich hier, noch etwas reisemüde, aber glücklich in der Erinnerung an diesen ersten größern Ausflug meines Lebens. Ich war von der Gräfin an eine ältere Dame empfohlen, die beinahe dieselbe Tour machte, aber diese ewige Beschränkung war nur lästig. Da sollte ich in Gesellschaft die obligaten Merkwürdigkeiten besuchen, Abends zu guter Stunde im Gasthof einrücken, in den goldnen schönen Morgenstunden nicht allein ausgehen, mit niemand auf eigne Hand ein Gespräch anknüpfen, »das jeht nicht,« war die stehende Antwort der gnädigen Frau. Ich bekam das am ersten Tage satt. In Leipzig, das ich doch gern auch länger angesehen hätte, machte ich mich von der Gnädigen los; edle Weiblichkeit braucht keinen Schutz als sich selbst. Magdeburg, ›die Starke, des deutschen Reiches Halt‹, wollte ich doch auch nicht bloß im Vorüberflug kennen lernen, und das lange Reisen im Eilwagen ist sehr ermüdend, zumal da ich auf dem langen Wege auch nicht eine interessante Bekanntschaft gemacht habe: ich hatte mir das so ganz anders vorgestellt.

Dies Alleinbleiben hatte nun freilich seine Unannehmlichkeiten: ich kam um meinen Koffer, den ich mit viel Mühe und Kosten erst einige Tage nach meinem Hiersein wieder erhielt, ich wurde von unverschämten Kutschern, naseweisen Kellnern und zudringlichen Reisenden vielfach geärgert, so daß ich mich zuletzt doch wieder an einen Kaufmann und seine Frau anschloß, die nach Berlin reisten.

Da war ich denn vom Regen in die Traufe gekommen, obgleich das würdige Paar äußerst besorgt um mich war; die Frau konnte keine Luft im Wagen ertragen, der Mann war entsetzlich ängstlich und voll Sorge, wir möchten uns verlieren. Abends auf dem Weg in den Gasthof, oder wo irgend ein Gedränge auf der Straße war, schrie er fortwährend:»Jette, Jette, Sie jeh'n man verloren! Halten Se mir doch gefälligst an meenen Frackzipfel, weil ich in die eene Hand meenen Rejenschirm und an die andre meene jeliebte Juste habe!«Da ich um einen halben Kopf höher bin, als das Männchen, so kannst Du Dir denken, daß ich, mit seinem Frackzipfel in der Hand, eine ziemlich komische Figur machte.

Nun, ich kam am Frackzipfel des Kaufmanns doch ungefährdet bis Berlin; von da hatte ich noch wenige Stunden zu reisen bis N., wo mich die gräfliche Equipage abholte.

Lach mich nicht aus, meine liebe Reseda, aber es war, für ein kurzes Stündchen wenigstens, ein gar behagliches Gefühl von Freiheit und Unabhängigkeit, so auf die weichen Kissen des Wagens zurückgelehnt in die Welt hinauszufahren. Ich dachte wieder an die schönen Briefe der Gräfin, in denen sie mir so klar bewiesen, wie es in ihrem eignen Interesse als Mutter liege, mit mir im innigsten Einverständnisse zu bleiben; – ich malte mir die Persönlichkeiten aus, die ich etwa auf Schloß Welsen treffen würde, – endlich fuhren wir durch eine schöne Allee am Portal vor.

Niemand war unten, nur ein paar Kinderköpfe lauschten am Fenster, der Bediente brachte mir das Gepäck auf mein Zimmer. Dies Zimmer nun entsprach meinen Erwartungen gerade nicht: es ist ziemlich klein, geht in einen Hof, und ist mit allerlei ausgeschossenem Geräth etwas unharmonisch meublirt; an mein Mädchenstübchen daheim mit seiner niedlichen Einrichtung darf ich gar nicht denken.

Nachdem ich Toilette gemacht, wurde ich der Familie vorgestellt. In dem schönen, großen Salon brannte eine prachtvolle Lampe auf dem Theetisch, um den sich die Familie auf's Reizendste gruppirte. Die Gräfin, eine schlanke, interessant aussehende Dame ruhte auf dem Divan, ihr kleinstes Töchterchen spielte mit ihren schwarzen Locken, an ihrer Seite saß der Graf, eine stattliche, ritterliche Gestalt, wenn auch sein Gesicht minder geistig und minder bedeutend aussieht, um sie gruppirten sich die Kleinen, allerliebste Kinder, und niedlich gekleidet. Unter uns gesagt, Lottchen, unbeschadet unsers bürgerlichen Stolzes, diese Adligen sind doch ganz andre Leute, als wir: alle Gefühle nehmen einen zarteren, edlern Ausdruck au; etwas Beneidenswerthes um eine feine Erziehung!

Eine etwas unbeholfne Figur saß auf der Seite, in einem Buche blätternd, das er zwar bei meinem Eintritt bei Seite legte, die einzige prosaische Gestalt in diesem malerischen Cirkel: es ist der Hofmeister, ein Herr Sturm.

Die Kinder sind, wie ich Dir schon sagte, allerliebst, aber es sind ihrer viel, grausam viel. Klara, Eugenie und Margot sind zunächst meine Zöglinge, die drei Söhne sind dem Hofmeister übergeben, dann noch zwei niedliche kleine Mädchen. Die Masse der Dienerschaft im Schloß kann ich noch nicht recht übersehen, ich selbst bin trotz ihrer Anzahl nicht eben ausgezeichnet bedient.

Die Gräfin stellte mir die Kinder vor und sagte ihnen, daß sie mir zu gehorchen haben, dann unterhielt sie sich mit mir über die Grundsätze der Erziehung; sie hielt nebenbei so eine Art von Examen, wobei mir das Französische, in dem sie sich viel fließender ausdrückt als ich, oft den kalten Schweiß austrieb. Im ganzen schien sie aber zufrieden, auch den Kindern schien wenigstens meine äußere Erscheinung zu gefallen, – die kleine Margot vertraute mir heute: Mademoiselle Bichon, meine Vorgängerin, sei sehr häßlich gewesen.

Ich trank Thee mit der Familie, wobei Herr Sturm, der mir als Landsmann vorgestellt wurde, sich ziemlich schweigsam verhielt, dann zog ich mich zurück. Der Kopf ist noch etwas schwindlich von den zahllosen Anweisungen und Andeutungen über die Behandlung und Auffassung der Kinder; das wird sich aber alles geben; ich muß nur suchen, meine Stellung als Erzieherin so unabhängig als möglich festzustellen. Zu lernen habe ich wohl noch genug, aber davor ist mir nicht bange.

Daß ich mich hier schon ganz wohl und heimisch fühlte, könnte ich noch nicht sagen, aber das muß sich bald finden; es ist zu viel in meinem Wesen, was mich in diese feinere, geistige Sphäre zieht, als daß ich mich nicht bald akklimatisiren sollte. Der Hofmeister genirt mich ein wenig, wenn er, was selten ist, am Abendthee theilnimmt; er drückt sich zwar gut und gebildet aus, verbirgt aber so gar nicht seinen schwäbischen Dialekt, daß ich mich unwillkürlich scheue, feiner und besser zu sprechen.

Ich hoffe, Dir im nächsten Briefe mittheilen zu können, wie sich meine ganze Stellung und Thätigkeit geordnet hat.

Nun laß auch Du mich hören, wie Dir's geht, ob Deine Geduld noch Stand hält, ob der Wechsel des Aufenthalts einige Verbesserung in Dein mühseliges Dasein gebracht. Ich bitte Dich, meine Liebe, geh mir nicht unter in diesem verwaschenen Leben, denk an die goldnen Tage im Institut, an unsere Begeisterung für das Hohe und Schöne, und werde mir kein Erdenwurm und kein Bodenkäfer. Lebe wohl, fürchte nicht, daß ich zu vornehm werde in der aristokratischen Luft, die mich umgibt, und behalte lieb

Deine Helene.

*

Lottchen an Helene.

Eichthal, Juli 1832.

So bist Du nun vorläufig glücklich im Hafen, liebste Helene? Glück zu! möge die vornehme Luft, die Dir so wohl thut, ein rechter Glückswind für Dich werden!

Es freut mich, daß der erste Eindruck, den Du empfangen, ein angenehmer war: wenn das auch nicht entscheidend ist, so ist es doch wohlthuend. Leg nicht gar zu vielen Werth auf die anmuthige Empfangsgruppe, liebes Herz, und laß Dich's nicht niederschlagen, wenn sie sich zu Zeiten auflöst. Mußt auch uns arme, ordinäre Menschenkinder darum nicht zu gering ansehen, die wir in des Tages Last und Hitze nicht eben Zeit haben, reizende Gruppen zu bilden. Ich bin zwar nicht der Ansicht der Tante, die aus Einfachheit in einem ganzen Modelager die garstigsten Dessins aussucht, die mißtrauisch ist in die Tüchtigkeit jeder Frau, die nicht Hauben vom vorigen Jahrhundert trägt, – der Apostel Paulus selbst gestattet uns ja, uns zu schmücken im zierlichen Kleide mit Scham und Zucht, – aber ich denke die innere Schönheit eines klaren, redlichen Herzens, eines gesunden, wahren Familienlebens, sollten wir erkennen lernen, auch wo die äußere Erscheinung nicht immer hinreißend sein kann.

Auch ich athme jetzt eine Luft, die mir wohlthut, die mir Frieden und frischen Muth zuweht, und das ist die Landluft. Das Glück ist etwas theuer erkauft. Nachdem wir vor dem Abzug etwa sechs Wochen lang gefegt, geputzt, ausgekocht und gewaschen hatten, um unsere Effekten würdig für den Zug zu bereiten, mußten wir hier noch einmal einige Wochen lang putzen, wichsen, reiben und poliren, um die neue Wohnung herzustellen. Was die Fußböden betrifft, so gibt uns zum Lohn all unserer Mühen Tante die tröstliche Versicherung, daß es Jahr und Tag brauche, bis die nur nothdürftig herausgefegt seien. In Gottes Namen! wird auch vorüber gehen.

Nein, mein liebes Herz, ich werde kein Bodenkäfer und Erdenwurm, ich *bleibe* es wenigstens nicht; ich habe die Tage im Institut nicht vergessen, wo wir für Schiller und Theodor Körner schwärmten und selbst Gedichte machten, die nur leider oft aus Mangel an Endreimen unvollendet blieben. Ich habe auch des Sterbebetts meiner Mutter nicht vergessen, liebe Helene, und ihre letzten Worte: »mein Kind, vergiß deiner rechten Heimath nicht, und laß ein Betkämmerlein in deinem Herzen, ein stilles, unberührtes, in das du eintreten kannst aus allem Getümmel draußen.«

Aber Unrecht hast Du nicht mit Deiner Warnung, es gilt wahrhaftig sich zu wehren, wenn ich nicht mein Betkämmerlein auch voll Gerümpel haben will; doch ist es hier so viel besser als in der Stadt! Auch der Onkel sonnt sich sammt seinen Staaren und Amseln; nur die Katzen, die Katzen! Die legen sich in der Tante schön geordnete Gartenbeete und raufen sich mit den Hunden, das gibt einen tagtäglichen Kampf; ferner hat der Onkel die schauderhafte Idee, neben seinen Kaninchen noch eine Kolonie von Meerschweinchen anzulegen; wie wir das bei der Tante durchsetzen, weiß ich noch nicht, und ich möchte doch dem guten Onkel die Freude so gönnen.

Du willst nicht glauben, daß es mir möglich sei, gutes Muths und heiter zu bleiben; nun sieh, das ist so schwer nicht, wie Du aus meiner Tagesordnung erkennen wirst, die ich Dir mittheilen will.

Im Frühaufstehn habe ich jetzt die Tante überlistet, ich bin regelmäßig eine halbe Stunde vor ihr auf, somit darf ich mich nimmer wecken lassen, was mir immer so unbequem war, und gewinne eine herrliche stille Stunde für meine Morgenandacht. Das ist mir viel werth. Es wird zwar ein sogenannter Morgensegen gebetet bei Onkels, aber ich finde ihn minder erbaulich, es hat damit immer so viele Schwierigkeiten. Nach dem Frühstück erscheint der Onkel mit dem Gebetbuch von Sturm und Tiede: »ist dir's jetzt geschickt, Liebe, zu beten?« »Ja wart nur noch, Lieber, bis die Tassen zusammengestellt sind.« – »Aber jetzt, Liebe?« – »Was fällt dir ein, Lieber, an einer so staubigen Kommode kann man nicht beten.« – »Liebe, ich geh indeß hinüber, kannst mir ja rufen, wenn dir's geschickt ist.« – »Bewahre, Lieber! wenn du bei deinen Staaren bist, so kommst du nimmer, jetzt wart nur noch, bis Christine von dem Schweinchen kommt.«

So geht's mit Lieber und Liebe in immer schärferem und ärgerlicherem Ton, bis endlich der Morgensegen zu Stande kommt, der allerlei naturgeschichtliche Abhandlungen, z. B. bei Erinnerung an die sanfte Nachtruhe eine Beschreibung der Eidergänse, in die Andacht verwebt, und mich leider oft mehr komisch als andächtig stimmt. Aber es ist nicht recht von mir, zu spotten, wo ich nicht weiß, ob nicht Tante und Onkel sich doch in ihrer Weise erbauen aus dem Buch, das ihnen von jungen Jahren her lieb und heilig ist!

Der lebendige Theil meiner Morgengeschäfte, das heißt das Gethier und Geflügel, das ich zu füttern habe, ist mir immer höchst ergötzlich, ich kenne sie alle persönlich und belustige mich an den scheuen und an den zutraulichen. Die Reinigung ihrer Gehäuse ist minder angenehm, aber dafür belohnt mich das Vergnügen des guten Onkels über den jetzigen komfortablen Zustand seiner Lieblinge und seine tragischen Beschreibungen von ihrer kläglichen Existenz unter den frühern Hausjungfern.

Die Thätigkeit bei der Tante ist zu mannigfaltig, als daß sie sich beschreiben ließe, ich weiß aber nichts darunter, was mir absolut zuwider wäre, als höchstens das Aschensieben im Keller. Daß die arme Tante selbst so heftig und ungeduldig wird unter ihren selbstgeschaffnen Mühsalen, erhält mich, glaub' ich, ruhig, und von meiner Morgenstunde behalte ich mir immer eine schöne Schriftstelle, einen tröstlichen Liedervers übrig, der geht mir oft auf wie ein Stern unter Küchendampf und Zimmerstaub.

Du siehest, Herr, ich habe nicht
Zum Beten lange Zeit,
Doch siehst Du, wenn mein Auge spricht:
Ach, Herr, ich bin im Streit.

Und welche Schatzkammer von glückseligen Erinnerungen bewahre ich aus der Heimath! Von der allerfernsten Reminiscenz an meinen vierten Geburtstag, wo mich ein Täßchen mit Blumen beglückte, durch all die fröhlichen Zeiten unserer heimlichen Soirees auf der Heubühne, unsrer Maugenester von Aepfeln und Birnen im

Stroh, der Schulspaziergänge im Wald, wo die Lehrer ihres Nimbus entkleidet, als gewöhnliche Menschen mit uns schmausten und Kinderspiele trieben und uns dabei doch so unendlich wichtig vorkamen; – ich versichere Dich, ich habe oft gar nicht Zeit, nur an die so kurzen gloriösen Tage des Mädchenfrühlings zu kommen:

Wie uns ein Leben voll Gesang und Tänzen
Gefaßt in seinen wundervollen Ring.

die so schnell endeten durch den Tod meiner Eltern; – und ich habe gelernt, während ich in diesen glückseligen Regionen verweile, meine Geschäfte so pünktlich zu verrichten, daß selbst die Tante selten etwas zu schelten weiß als:»ich möchte nur wissen, für, was Du immer so plaisirlich aussiehst, Du hast's doch weiß Gott nicht nöthig, bei all dem Elend in der Welt, und wo ich mir vor Geschäft nicht zu helfen weiß.« Dann mein gutes Gedächtniß, obgleich es in dem Institut zuweilen widerspenstig war und keine Jahreszahlen behalten wollte, das leistet mir jetzt die herrlichsten Dienste. Du weißt, welche große Rolle die Bisquittorten in unsrem Leben spielen: alle feierlichen Ereignisse in unsrem eignen und Bekanntenkreise, alle Hochzeiten, Taufen, Leichenschmause, Konfirmationen und Geburtsfeste verherrlicht eine Bisquittorte der Tante, und das einzige Mittel, sie heiter zu stimmen, ist, wenn man die Rede auf ihre prachtvollen Bisquits bringt. Dieser Ruhm ist meinerseits etwas theuer erkauft, da diese berühmten Bisquits drei Viertelstunden lang gerührt werden müssen, immer nach Einer Richtung. Um diese Zeit zu kürzen, rufe ich mir meine liebsten Poesien ins Gedächtniß und rühre im Rhythmus, dann geht's herrlich, und die Zeit fliegt vorbei, man weiß nicht wie. Das Lied von der Glocke reicht fast zu einer ganzen Torte und ist so angenehm wegen des wechselnden Metrums, nur wenn ich an die Feuersbrunst komme, geht's oft so rasch, daß die Tante schreit:»na, sachte Mädchen, Du rührst ja wie toll!« sie weiß freilich nicht, daß eben jetzt:

Kinder jammern, Mütter irren,
Thiere wimmern unter Trümmern ec.

In dieser Weise kürze ich mir alle ganz mechanischen Geschäfte; möcht's freilich sonst niemand sagen, aber ich denke, Schiller selbst würde es gewiß nicht für Profanation halten, wenn ich ihn dazu bringe

Zu flechten und weben
Himmlische Rosen in's irdische Leben.

Am mindesten angenehm ist mir's Abends zur Erheiterung mit dem Onkel Mariage zu spielen, und ich weiß mir da nicht anders zu helfen, als daß ich dem Schicksal allerlei Fragen vorlege, die je nach dem Gange des Spiels mit Ja oder Nein beantwortet werden, so kann ich mir doch einiges Interesse daran erhalten; gar zu tief nehme ich mir die Orakelsprüche dann nicht zu Herzen. Hie und da gelang mir's auch schon, statt den Karten ein gutes Buch zur Abendunterhaltung einzuschmuggeln; merkwürdige Reisen, besonders schauerliche Schiffbrüche hörte der Onkel gern, aber Tante hat die unglückliche Eigenschaft, daß sie keinen Menschen still sitzen sehen kann, ohne daß ihr zehnerlei Geschäfte für ihn einfallen, somit wird's mit dem Lesen nicht viel.

Und ich schreibe wieder bogenlang von mir und meinem kleinen Leben, das Du selbst lange schon kennst, und Du, Weitgewanderte, Vielgereiste, die Du mit Excellenzen lebst und in Schloßgärten wandelst, fertigst mich mit so kurzen Berichten ab.

Und ich habe Dir abermals nur von meinen Mühen und nicht von meinen neuen Freuden geschrieben, das ist auf's nächstemal gut; ohnedies muß ich Dir zu lieb mit Lug und Trug umgehen und alle meine Röcke über die Ritzen meiner Kammerthür hängen, damit die Tante mein spätes Licht nicht sieht.

Nächste Woche kommt Albert über die Ferien. Du erinnerst Dich wohl seiner, Du hast den gescheidten treuherzigen Jungen immer wohl leiden mögen. Es wird ein eignes Studium brauchen, dem armen Burschen fröhliche Ferien daheim zu bereiten, denn Tante lamentirt jetzt schon über den »Gruft« den der »Schlingel« machen werde; und der Schlingel ist doch ihr einziges geliebtes Kind!

Und nun: Komm herab, Du schöne Holde, und verlaß Dein stolzes Schloß; erfrische mein verwaschnes Leben mit einem Hauch aus Deiner geistigen Welt, Gut Nacht! ›mein Aeuglein stehn verdrossen‹, sanfte Träume!

Deine Lotte.

*

Helene an Lottchen.

Schloß Welsen, Oktober 1882.

Ich schrieb Dir lange nicht mehr, weil ich nicht gerne Klagebriefe
schreibe, aber nun muß ich doch beginnen, gegen Dich kann ich,
muß ich offen sein, den Eltern klage ich nicht gern. Du meinst, ich
solle Dich erfrischen, und Du bist es doch, die aus ihrer frischen
Seele einen labenden Hauch in mein freudloses Dasein bringt! Ich
soll Dir berichten von dem Leben der Schlösser? o ja, ich lebe in
einem Schloß, das heißt in zwei Winkeln, davon das eine Lehrzim-
mer heißt, daß andre der Gouvernante Zimmer; ja, ich wandle in
Parks und Schloßgärten, aber nie frei, nie allein, immer mit drei
Mädchen im Schlepptau, die ich spielend belehren, unterhalten,
beleben und französisch plaudern lassen soll; ich komme auch in
Gesellschaft, o gewiß, in die brillanteste;»Fräulein Winter, Sie
kommen doch auch in den Salon?« fragt die Gräfin fast jeden
Abend, wenn Gesellschaft da ist: da sitze ich denn entweder im
Kabinet unter den Kindern und andern Gouvernanten, mit *denen*
darf ich mich unterhalten! – oder auch im Salon, einsam in dieser
belebten Gesellschaft, als ob ich im Grabe wäre. – Flüstert je einmal
ein Herr einer Dame zu:»wer ist das Fräulein dort?« und er hört die
lakonische Antwort:»die Gouvernante,« so wendet er mit einem
gleichgültigen:»ah so?« die Blicke ab. Die jungen Damen wollen
tanzen, sie spielen abwechselnd Klavier dazu, nach jeder Polka
kommt ein besorgter Herr:»gnädiges Fräulein, Sie ermüden sich,
erlauben Sie mir die nächste Tour?« bis der Gräfin der gescheidte
Gedanke kommt:»Fräulein Winter spielt,« ah so! das ist charmant.
Fräulein Winter darf sitzen und spielen den ganzen Abend, niemand denkt daran, sie abzulösen, es ist ja die Gouvernante! O, nur
zu wahr ist alles, was wir früher über diese Stellung gehört, nur zu
wahr!

Aber die Kinder? wirst Du fragen, der Beruf, den Du mit so vie-
lem Eifer ergriffen, entschädigt Dich der nicht? Ja siehst Du, Liebe,
auch das dacht' ich mir so ganz anders; ein freies Wirken auf geisti-
gem Gebiet, junge Seelen, ganz meiner Leitung übergeben; aber
auch hier ist keine Freiheit! Ich hätte das freilich wissen können, als

mir die Gräfin am ersten Abend ihre Ansichten über die Behandlung der Kinder mittheilte? »Klara werden Sie feurig, lebendig, aufgeweckt finden, ihr feuriger, etwas flüchtiger Geist zieht sie rasch vom Einen zum Andern, hier empfehle ich Ihnen Ruhe, Stetigkeit, Konsequenz; Sie thun besser, ihr alles Wissen, Geographie und Geschichte z. B., in großen, massenhaften Umrissen beizubringen, in Details zersplittert sie sich leicht. Ganz anders ist es mit Eugenie, die ist phlegmatisch, behält schwer aber dann vortrefflich, ihr geben Sie anregende Details, weichen hie und da von der Konsequenz ab, um sie lebendig zu erhalten. Unsere liebe kleine Margot hat überhaupt noch wenig Geschmack für's Lernen, lassen Sie es Ihr erstes Studium sein, ihre vollste Liebe, ihr Vertrauen zu gewinnen, bei ihr müssen Sie den Augenblick erhaschen, wo sie aufgelegt ist, etwas aufzufassen, gelegentlich, spielend ihr Kenntnisse beibringen, bis sie überrascht von ihrem eignen Besitz, den sie unbewußt erworben, mit Bewußtsein nach Vermehrung strebt.« Nun es ist allerliebst, solche Theorien aufzustellen, ich wollte in dieser Weise ein ganzes Buch über zweckmäßige Behandlung schreiben; versuche aber einmal diese Anweisungen auszuführen, wenn den drei Mädchen Geschichte, Geographie, Französisch, Zeichnen, deutsche Sprache und Literatur, Rechnen, Schreiben, Musik, später auch englisch, Jeder in besonderer Weise beigebracht werden soll, daneben Naturgeschichte, ein wenig Physik und Technologie, etwas Botanik und Astronomie – spielend. Religion gibt der Hofmeister. Der hat es leichter als ich, er wohnt mit den Knaben im Gartenhaus und bildet da eine Art Republik, er sieht sehr gewöhnlich aus und ist nicht besonders gewandt, scheint aber doch seines Weges sicher. Er hat sich mir als Landsmann vorgestellt: sein Rath könnte mir oft von Nutzen sein, aber mit seiner unerschütterlichen Fassung bringt er mich *aus* der Fassung. An der Gesellschaft und ihrer Beachtung liegt ihm nichts, so begreift er die Dornen gar nicht, die mich täglich, stündlich verletzen. Wenn er nicht im Unterricht, überhaupt im einsamen Verkehr mit seinen Knaben so voll Leben wäre, ich hielte ihn für einen Klotz. Die Kinder aber hängen mit Leib und Seele an ihm; wo sein Zauber für sie steckt, weiß ich nicht, in seinem Aeußern einmal nicht.

»Meine lieben Jungens,« sagt die Gräfin, »sollten Sie so viel wie möglich ermuthigen zum Französisch reden, das Herr Sturm nicht geläufig spricht, es bleibt Ihrer Gewandtheit überlassen, sie zu fesseln. Mit den Kleinen da treiben Sie nur gelegentlich die Elemente und geben ihnen Anschauungsunterricht.« Das wären nur so beiläufig meine Verpflichtungen, die mir keine Minute zum freien Aufathmen übrig lassen, denn in den Freistunden der Kinder soll ich ihre Spiele überwachen und ihren Charakter studiren. Der wäre freilich bald studirt. Klara ist leichtsinnig, unbeständig und nachlässig, Eugenie faul und schläfrig und die Margot widerspenstig und unartig; von den Buben bringe ich kein Wort heraus, als *oui Mademoiselle*. Strafen soll ich die Kinder nicht, als mit Entziehung des Desserts; so oft nun das geschieht, wird der Graf unwillig und meint: im Familienkreis möchte er gern Ruhe; die Gräfin bemerkt dann, daß es eine viel schönere Aufgabe der Erziehung sei, Unarten zu verhüten, als sie zu bestrafen, – kurz, mein Tag geht in endlosen Mühen hin, und bis in die tiefe Nacht habe ich an den Lektionen für den andern Tag zu arbeiten. Das ist meine Freiheit!

Nur ein Stern ist in meiner Nacht aufgegangen. Ich wurde kürzlich im Salon aufgefordert, eine Sonate zu spielen, ich glaube, um die Konversation besser in Gang zu bringen, denn es hörte niemand darauf. Nur ein Herr stand nahe dem Piano und wandte mir das Blatt um; ich sah, ohne meine Augen von den Noten zu erheben, die verwunderten und spöttischen Blicke, mit denen einige Damen eine so kleine Aufmerksamkeit bemerkten. Es war das erstemal, daß ich nicht als Sache hier behandelt wurde, und es gab mir das Bewußtsein der weiblichen Würde wieder.

Einmal seit jenem Abend hat der Fremde, der gewagt, eine *Gouvernante* zu behandeln wie eine andere Dame, die Rede an mich gerichtet. Er ist ein adeliger Gutsbesitzer der Gegend und gilt für einen halben Gelehrten. Glaube nicht, daß ich so kindisch sei, mich thörichten Träumen hinzugeben, – ach nein, aber es thut mir wohl, mich Einem Menschen gegenüber nicht als Gouvernante zu fühlen.

Das also ist mein Traum von Unabhängigkeit, aus dem ich so früh, so sehr früh, schon erwacht bin. Leb wohl, Du Glückliche mit Deinem heitern Sinn, und denke in Liebe und Theilnahme

Deiner Helene.

*

Meine gute Helene!

Das ist freilich traurig, daß Du so frühe schon enttäuscht wurdest; ich glaube aber nicht, daß es so schlimm damit sein kann, gewiß stellen sich die Lichtseiten Deiner neuen Lage erst später heraus. Ich mußte Lachen bei den Instruktionen Deiner Gräfin; die ließe ich mich nicht zu schwer anfechten. Weißt Du, ich würde zuerst die Kinder von Herzen lieb haben, dann wollt' ich sie lehren, was ich wüßte und so gut ich's wüßte, und gib Acht, wenn die Mädchen etwas lernen und vergnügt dabei sind, so fragt nachher die Mama nicht, ob Du's ihnen in massenhaften Umrissen oder im Detail beigebracht hast.»Menschen und Vieh nicht zusammengerechnet,« wie unsere Christine sagt, aber der Onkel gab mir anfangs auch höchst komplizirte Anweisungen, in welch verschiedner Weise ich seine Staaren, Amseln und Finken füttern sollte: seit sie aber munter pfeifen und lustig fressen, fragt er nimmer nach der Methode, in der ich sie ernährt habe.

Von der doppelten Unterrichtsmethode kann ich mir freilich keine klare Vorstellung machen. Sagst Du zum Beispiel Deiner Klara: der Napoleon hat beinahe ganz Europa erobert, so ist das ein massenhafter Umriß, sagst Du dann der Eugenie: er hat auch die Kirchenglocken von Erfurt gestohlen, so ist das ein belebendes Detail, da kann sich ja Jede aus der Geschichte herausnehmen, was sie verdauen kann. Bei der Margot scheint mir freilich die Aufgabe schwieriger, denn meines Erachtens muß das Lernen ein Muß sein, sonst kommt es zu keinem Ziel, und ein paar Klapse zu rechter Zeit wären gewiß oft zweckmäßiger, als eine Strafe hintendrein, wenn das Mädchen die Unart vergessen hat.

Aber an den kleinen Kindern, da wollt' ich mich recht erholen, es gibt ja nichts köstlicheres als so eine kleine Kreatur, deren Herzchen so leicht zu erobern ist. Was Deine Freiheit betrifft, so müßte es doch schlimm gehen, wenn Du nicht auch für Dich allein eine stille Frühstunde gewinnen könntest, in Schlössern ist man sonst doch nicht so früh auf.

Liebes Herz, hast Du auch schon recht von Herzen erwogen, was es heißt: wirf Dein Anliegen auf den Herrn? hast Du schon recht versucht, welch ein Segen es ist, von *seinen* Händen das Tagewerk zu nehmen, in *seine* Augen zu schauen, nicht nur am Morgen und Abend, jede Stunde, jeden Augenblick? O liebe, liebe Helene, ich wollte, ich könnte Dir etwas von der Freudigkeit in's Herz geben, mit der ich oft im mühseligsten Getreib aus Zimmerstaub und Küchendampf aufblicke und mir des Kindesrechts bewußt werde an eine Heimath voll Licht und Frieden.

Ich habe freilich auch kein Recht zur Klage, obgleich die Tante wirklich schwer zu befriedigen ist. Du glaubst nicht, was für ein nettes Gärtchen wir hinter dem Hause haben, und durch ein Thürchen im Zaun kann ich hinausschlüpfen auf eine grüne Wiese, durch die fließt ein so lustiger Bach! mit allen Nachbarkindern stehe ich bereits sehr intim, und habe so viel Einfluß errungen, daß sie mir zu lieb ihre Hände waschen.

Ein weiterer Gewinn des Dorflebens ist, daß wir hier regelmäßiger zur Kirche kommen, wir haben einen offenen Stuhl, dem der Frau Pfarrerin gegenüber. Du weißt, Tante hält auf Ehre und Reputation, da soll denn der Stuhl nie leer bleiben, entweder darf ich gehen oder trägt Tante selbst ihr allezeit mühsames und beladenes Herz dahin, und ich gewinne daheim ein ruhiges Stündchen für meine Erbauung, das ich zur schönen Zeit im Garten genieße. Die Kirche ist mir viel werth, unser Pfarrer hier spricht gar herzlich und schön.

Albert ist seit einigen Wochen hier; das ist ein frisches, junges Leben! er könnte mich wahrhaftig ganz eitel machen, so oft versichert er mich:»es ist eben ganz anders daheim, und viel besser seit Du da bist, Lottchen.« Er wäre auch in Wahrheit oft übel dran mit seinem lustigen, leichten Muth; so oft er singt und pfeift in lauterer Herzensfröhlichkeit, seufzt Tante:»ist mir unbegreiflich, wie man so lustig sein kann, wo man nicht wissen kann, ob's nicht Krieg gibt und ob die Cholera kommt!«

Auch dem Onkel, obgleich er sich für seine Menagerie interessirt, kann er's selten zu Danke machen, er hat schon ein Amselkäfig umgestoßen und die weiße Leibkatze auf den Schwanz getreten. Da ist er denn überall im Wege; kommt er nach Hause, so läuft ihm die

Tante beständig mit Pantoffeln nach, die er anziehen soll, und ruft flehentlich:»Tret' mir nicht auf meine Fries' und sitz mir nicht auf meinen Sopha!«

Nach meiner Anleitung hat er sich dann in einer Gartenecke unter einem Apfelbaum ein Asyl gegründet, für die kältere Zeit und die Regentage hat er der Tante ein Oberstübchen abgeschmeichelt, da er sonst Onkels Zimmer theilen soll. Dem haben wir mit einigen vergilbten Landkarten, einem alten Tubus und uralten Globus, der noch von irgend einem mythischen, gelehrten Ahnherrn herstammt, auch zum Entsetzen der Tante mit einigen rostigen Waffenstücken, ein zugleich ritterliches und gelehrtes Ansehen gegeben, und der Junge hat seine kindische Lust daran. Es freut ihn, wenn ich ihm hie und da Visite mache und mir erzählen lasse von den Freuden des Gymnasiallebens, von seinen Studien, seinen Freunden und seinen Zukunftsplanen. Ein herzensguter Mensch! Er ist nur drei Jahre jünger als ich, und doch nimmt er alles, was ich ihm sage mit Freundlichkeit auf, auch wenn's ein Tadel ist.

Tante hat doch im Grunde ihre Herzensfreude an ihm und läßt's wenn auch unter Schelten geschehen, daß ich ihm seine Leibgerichte koche und sie bestimme, ihm seine Freunde einzuladen! auch freut sie's heimlich, wenn wir hie und da Französisch zusammen treiben, und es ist schon vorgekommen, daß sie mich eine ganze Viertelstunde ruhig sitzen ließ.

Ein gefährliches Komplott, das wir hatten, ist kürzlich entdeckt worden. Albert brachte mir spät in der Nacht, als ich endlich in mein Stübchen kam, seine Garderobe herüber, sie war in leidigem Zustand, voll Risse, Tinten- und andren Flecken und er fürchtete sehr den grenzenlosen Jammer der Mutter, wenn sie diese Defekte entdeckte; sie gibt ihm bei jedem Riß im Aermel eine ergreifende Schilderung, wie er wahrscheinlich einst durch Leichtsinn und Fahrlässigkeit Haus und Hof verwahrlosen und Weib und Kind in's Unglück bringen werde.

Da versprach ich denn, ihm nach und nach nächtlicher Weile die Schäden herzustellen. Tante hatte große Garnwäsche und in den nächsten Tagen nicht Zeit zu einer Untersuchung. Albert schaffte um den Rest seines Taschengeldes ein Viertelpfund Lichter an und damit ich nicht einschlafe bei der späten Arbeit, las er mir dazu die Odyssee vor.

Ich kann Dir sagen, es waren ganz vergnügliche Abende, aber, so sehr ich ihn bat, leise zu sein, so kam er doch über dem herrlichen Dulder Odysseus so in's Feuer, daß Tante um Mitternacht entsetzt heraufstieg und uns entdeckte hinter dem großen Kleiderkasten, mich mit einer schadhaften Weste und Albert mit der Odyssee.

Nun, wir gestanden den Frevel und Albert brachte sie sogar am Ende zum Lachen mit der Schilderung seines kindlichen Respekts und seiner Reue. Seitdem erhalte ich jetzt bei Tage Zeit zum Flicken, und außerdem, daß uns Tante alle Tage eine haarsträubende Beschreibung der entsetzlichen Feuersbrunst gibt, die wir zwei hätten veranlassen können, hat unsere Unthat keine Folgen gehabt.

Gegen den Onkel, bei dem einige geistige Abnahme fühlbar wird, ist Albert viel aufmerksamer und rücksichtsvoller als früher; es gibt ihm ein männliches Selbstgefühl, seit er begriffen, daß es an ihm ist, den Vater zu tragen und zu stützen. Er soll von hier nimmer in's Gymnasium, sondern auf eine Ackerbauschule. Da er dazu erst neu ausgestattet werden muß, wird er wohl den Winter über noch hier sein, ich werde ihn einmal recht vermissen, er ist ein heller Sonnenstrahl in unsrer ›Trübsalshütte‹, wie die Tante ihr Wohnhaus nennt.

Du siehst, daß auch mir, wenn kein hoher Stern der Herrlichkeit, so doch manch freundliches Lichtlein aufgegangen ist. Deinen Stern gönne ich Dir von Herzen, an Sternen verbrennt man sich die Flügel nicht, und Du weißt ja lange schon: die Sterne, die erreicht man nicht u. Liebes, liebes Herz, sollte der Stern Dir aber doch zum freundlichen Tageslicht werden, so würde mich's sehr glücklich machen, – aber wir wollen nicht träumen.

Deine Einsamkeit in Gesellschaft ließe ich mich nicht bekümmern. Da ist's wirklich schade, daß ich nicht an Deiner Stelle bin. Mich amüsirt nichts mehr, als in großer Gesellschaft ganz allein und unbeachtet zu sitzen und all das Geräusch an mir vorüber hummen und summen zu lassen; nirgends kann ich behaglicher denken und nirgends wird mir stiller zu Muth, als wo ich das Zappeln und Treiben der Leute mit ansehe. Meine Helene freilich mit ihrer königlichen Gestalt, die ist wohl nicht zur stillen Zuschauerin auf dem

Welttheater berufen. Möge Deine Rolle eine dankbare sein! ich will gern als Statistin im Hintergrund verschwinden.

Weißt Du noch, auf den Instituts-Bällen, den ersten und letzten, die ich je besucht, da ließest du, die allzeit Gesuchte, oft im Vorüberfliegen einen mitleidigen Blick auf mich fallen, die ich nur allzuoft das Loos hatte, den Tänzerinnen Shawls und Boa zu hüten? Und Ihr wußtet nicht, wie gut ich Vergeßne mich unterhielt, was für hübsche Texte ich mir ausdachte zu den Walzermelodieen und was für anmuthige Novellen ich manchmal aus den Gruppen las, die sich im Tanz bildeten.

Tanz' immerhin fröhlich vorüber, meine liebe, schöne Helene, Dein Lottchen sitzt friedlich in der Saalecke, und hält ein warmes Tuch bereit, Dich darein zu hüllen, wenn Dich nachher frösteln sollte.

Laß Dich nicht zu sehr niederdrücken, Liebste, Du hast nicht umsonst ein so aufgerichtetes Haupt; sei mir ein bischen heiter, und vergiß nicht

Deine Lotte.

*

Grünberg, Juli 1833.

Liebstes bestes Lottchen!

Warum mußt Du mir fern sein, wo mir Dein Trost und Deine Liebe am nöthigsten wäre? Da bin ich denn mit Einem Schlag aus der kurzen Laufbahn in der Fremde wieder in die Heimath versetzt, in das Vaterhaus, – das kein Vaterhaus mehr ist. Wie hätte ich geglaubt, als der Vater noch in der Fülle reicher Mannskraft von mir schied, daß ein Grab alles sei, was ich nach so kurzer Zeit von ihm finden werde! Welch bittre Selbstanklage mischt sich in meine Trauer! Ach ich habe die Heimath so leichtsinnig hingeworfen, habe so wenig verstanden, was Kindespflicht ist. Jetzt erst verstehe ich, wenn ich so des Vaters ganzes Wesen und Sein überdenke, wie oft ihm ein herzliches Entgegenkommen, ein liebevolles Eingehen in seine Interessen wohlgethan hätte, wie auch seine kleinen Schwächen dadurch leicht zu überwinden gewesen wären, während ich ihn reizte durch vorlauten Widerspruch oder unbekümmert meine eignen Wege ging. Ich finde es kindisch, wenn im Familienkreis zärtliche Namen und Liebkosungen gedankenlos als kleine Münze im täglichen Verkehr gebraucht werden, aber in Familien, wo dieser zärtliche Ton gar nie angeschlagen wird, schleicht sich oft allmälich eine Dürre und Trockenheit ein, eine falsche Scham vor jedem Ausdruck tiefern Gefühls, die am Ende die Gefühle selbst verkühlt.

Und dasselbe Herz, das leidenschaftlicher Freundschaft fähig ist, das sich eines Reichthums selbstvergessender, hingebender Liebe bewußt wird, die vielleicht nie erkannt, nie vergolten wird, ist in seiner Kindesliebe oft nur zu passiv und lernt so das Vaterhaus als eine Reisestation ansehen, in dem es Wurzel schlagen sollte mit seinem innersten Wesen.

Zu spät! O möge es nicht ganz zu spät sein! Möge der Liebe noch möglich werden, dort zu vergüten, was sie hier versäumt hat!

Ich habe dem Instinkt meines Herzens gefolgt und die Stelle bei der Gräfin ganz aufgesagt, obwohl ich mir denken mußte, daß ich nun vielleicht erst genöthigt sei, auf eignen Füßen zu stehen. Aber diese anständige Sklaverei ist nun einmal meine Bestimmung nicht, darüber bin ich mir klar, und das Bedauern der Gräfin, ihr Anerbieten, mir die Stelle offen zu lassen, bis sich meine Verhältnisse in der Heimath entschieden, war so wenig ernstlich gemeint, daß es mir zu großer Demüthigung hätte werden müssen, wenn mich nicht Wichtigeres bewegt hätte.

Und mein Stern? Gott weiß, im ersten Schmerz um den ungeahnten Tod des Vaters, im Gefühl der Reue über versäumte Liebe empfand ich jede andre Neigung fast als ein Unrecht. Es ist nicht so geblieben, aber verhüte Gott, daß ich je meine Weiblichkeit verläugnen und *suchen* sollte, was ich *erwarten* muß und wäre es ein Himmel auf Erden! Und ein andrer Grund als die Hoffnung eines Wiedersehens hätte mich nie in's gräfliche Haus zurückführen können. *Wenn* er mich wirklich suchen sollte, – ich sage ja nur wenn, – dann, Liebe, ist es wohl besser, er findet mich als Freie und nicht als Dienerin, denn eine Dienerin war ich dort doch, wenn auch unter anständiger Form.

Ob ich ein Recht habe, an eine so stolze Möglichkeit zu denken? Ach, Lottchen, solche Träume sind zu zarter Natur, als daß ich wagen möchte, sie dem Papier anzuvertrauen. Du weißt ja, daß jene kleine Aufmerksamkeit am Klavier nicht die einzige blieb, – o, es blinken goldne, sonnige Augenblicke durch die Öde meines Gouvernantenlebens. Die Gesellschaft vom Schloß machte einst einen Spaziergang in ein Gehölz, ich natürlich mit den Kindern im Train; – die Damen gruppirten sich malerisch im Vordergrund, ich saß unbeachtet mit den Kindern im Gebüsch und machte ihnen Kränze, da kam er herüber von den Andern und sprach mit mir und bat mich um eine Maiblume, – o, ich hätte nicht geglaubt, daß auch die norddeutschen Wälder so lieblich rauschen könnten; und auf dem Heimweg, – als Alle sich bekränzten, flocht er einen wilden Rosenzweig auf meinen Hut. Du müßtest freilich wissen, ganz wissen, *was* eine Gouvernante ist, um die Bedeutung so kleiner Aufmerksamkeiten zu begreifen.

Und einmal bat er mich um ein Buch; und als er später meinen Wunsch hörte, Lenau's Gedichte zu lesen, aus denen er uns vorgelesen, sandte er mir das Buch mit einer so feinen Widmung, daß ich es nicht hätte zurückgeben können. Noch viel solcher Lichtblicke könnte ich erwähnen, aber in Einem Blick, in Einem Wort kann eine Bedeutung liegen, die sich nicht wiedergeben läßt. Wir kamen auch auf Standesvorurtheile zu sprechen, sein hoher und freier Geist ist darüber weit erhaben; – doch stille, mein Herz!

Ich habe ihn nicht mehr gesehen, da ich so rasch abreiste, in der Hoffnung, meinen Vater noch lebend zu treffen. Sturm, der Hofmeister, hat sich mir in jenen Tagen des Leides als treuer Freund bewährt, wie er mir während des ganzen Aufenthalts viel erleichterte; aber begreifen konnte er mich nicht. Sein stilles einfaches Wesen, das sich aus einem dürftigen Elternhaus zum Dienst der Wissenschaft aufgerungen und in ihr sein Genüge findet, konnte gar nicht ahnen, was ich als Zurücksetzung empfand; er hat die Eigenschaft, alles natürlich zu finden, die mich manchmal zur Verzweiflung bringen könnte. Er nahm mir mit brüderlicher Treue alle materiellen Mühen und Sorgen ab, die so peinlich sind für ein bekümmertes Herz, er hat mich bis Berlin begleitet, seine treue Fürsorge rührte mich sehr.

Ich habe der Gräfin sogleich des Vaters Tod gemeldet und meinen bestimmten Austritt angezeigt: heute erhalte ich einen Brief von Sturm, der mich sehr überraschte und mich betrübt, weil ich ihm keine andere als eine betrübende Antwort geben kann. Er bittet mich, ihn zu meinem Freund und Beschützer für's Leben zu wählen. Ein Patronat, das der Graf zu vergeben hat, ist frei und ihm zugesagt, er bietet mir mit so herzlichen Worten diese bescheidne Heimath, seine lang verschwiegne Liebe (die ich freilich wohl geahnt), sein treues männliches Herz. Es thut mir sehr weh und hat mich viele Thränen gekostet, nein zu sagen, aber ich konnte nicht anders.

Auch wenn jener Traum nicht wäre, auch wenn mein Stern in unerreichbarer Ferne bleibt, so dürfte ich Sturm nicht eine Hand ohne Liebe bieten; und dann – wenn alles anders wäre, selbst wenn ich von Herzen die Seine werden könnte, nie, nie würde ich einem Manne angehören, der in einem Herrendienst steht. Ich kenne wohl die alten Gemeinplätze, daß wir Alle dienen, aber dieser persönlichen Abhängigkeit von dem lächerlichen Schemen des Ranges bin ich so bodensatt, und Sturm fügt sich so ruhig in diese Verhältnisse, fühlt sich so unbeengt davon, wie ich es bei meinem Manne nicht ertragen könnte.

Ich wollte, es wäre vorüber, ich habe meinen Brief an ihn schon dreimal begonnen, ohne zu vollenden. Warum, ach warum? .....

Ich bedarf Deiner so sehr, komm so bald es Deiner Tante Zustand erlaubt, es erwartet Dich mit Sehnsucht

Deine
Helene.

*

August 1833.

Geliebte Helene!

Wir erwarten Albert jeden Tag, und wenn er hier ist, hoffe ich, wenn auch nur auf einen Tag, zu Dir eilen zu können; es verlangt mich so von Herzen, Dir nach so langer Zeit wieder in's Auge zu sehen; es ist nur ein Jahr, aber ein so reiches und inhaltschweres für Dich.

Ich habe wirklich schwere Zeit, die Tante ist krank, sehr krank an Leib und Seele.

Die arme Tante! Die Vöglein des Himmels haben ihr nie den göttlichen Samen entführt, und ein harter Fels ist ihr Herz auch nicht, aber die Dornen und Disteln irdischer Sorge haben ihn erstickt; sie hat nie gelernt, sich des guten Tages zu freuen, woher soll ihr Freudigkeit kommen in der dunkeln Stunde? Wer ihre Lamentationen über das Elend des Lebens gehört hat, der sollte meinen, sie sei glücklich, dies Jammerthal zu verlassen, und doch hängt sie mit so zähen Fäden, nicht an den Freuden des Lebens, nur an seinen kleinlichsten Sorgen.

Gestern, als sie eben der Geistliche verlassen hatte, als die ernste gewichtige Frage: »was soll ich thun, daß ich selig werde?« mächtig in ihrem Innern laut geworden war, bat sie mich, ihr ein Lied zu lesen. Inmitten der schönen Worte:

Ach, daß ich Dich so spät erkennet,
Du hochgelebte Liebe Du,

hörte sie ein Geräusch in der Küche und hielt mich plötzlich ängstlich am Arm: »du läßt doch Christine nicht den Kaffee rösten?« – »Warum nicht, Tante?« – »Ich bitte dich, was fällt dir ein? du wirst sehen, sie röstet ihn zu dunkel, solche Leute meinen, er müsse schwitzen, und dann ist alles verdorben, die feinste Sorte wird dann schlecht.« Sie hatte nimmer Ruhe, bis ich mich des Kaffee's annahm, obgleich sie selbst schon seit Wochen keinen mehr genießt.

Gestern sprach sie zum erstenmal von ihrem Tod; der Onkel hielt ihre Hand, er war sehr weich. Diese Herzen, die trotz »Lieber« und »Liebe« so trocken, so kühl durch ein langes Leben zusammen gegangen sind, wollten aufthauen. »Du mußt mir's zu gut halten, Alter, wenn ich hie und da wunderlich gewesen bin,« sagte sie, »ich hatte ein so unruhiges, geplagtes Leben! wenn man nicht weiß, wie fertig werden, so wird man leicht ungeduldig, wenn einem die Arbeit noch erschwert wird; wenn du mir nur als auch ordentlich Nachthemden angezogen hättest, ich hätte nur halb so viel zu waschen gehabt, das hat mir so viel Kreuz gemacht, daß die feinen Hemden gleich so zerknittert waren.«

»Ach Liebe, ich will ja nichts als Nachthemden tragen, wenn dich's beruhigt,« sagte der Onkel in lauterer Güte.

»Das will ich eben nicht,« begann sie wieder mit einer Heftigkeit, die über ihre schwachen Kräfte ging,»das hat mich gerade geärgert, daß du bei Tage oft in so grobem Zeuge gingst, die Frau beurtheilt man nach dem Weißzeug des Mannes.« Erschöpft sank sie auf ihr Kissen, Todesfassung, eheliche Liebe und Vergebung war wieder dahin.

Wir lachen und weinen über die arme Tante; möge uns Gott behüten, daß wir nicht auch so an's Leben gekettet seien, wenn auch mit feineren Banden.

Das Mädchen, die den frühen Tod schön findet, weil sie sich als vielbeweintes, reizendes Todtenbild im Sarg unter Blumen ruhen sieht, die Frau, die sich heimlich auf dem Gedanken ertappt wie sie wohl einst in ihrer Leichenrede beklagt und gepriesen werde, – haben sie die Bedeutung des Lebens und den Ernst des Todes besser verstanden, als meine Tante, die sich auf der Schwelle der Ewigkeit darüber grämt, daß ihr Albert seine Wäsche künftig einer Stadtwäscherin geben werde? Gott helfe uns die Herzen frühe in ihrer höhern Heimath daheim zu machen, er helfe der armen Tante zum Licht noch in der eilften Stunde!

Glaube nicht, Liebe, daß ich Deine Angelegenheiten vergesse über unsrer Sorge, aber im Angesichte eines Todtenbettes gestaltet sich das Leben so viel ernster, und alle meine Sorgen und Wünsche für Dich werden unwillkürlich zu Gebeten.

Es thut mir sehr leid um den Sturm, aber wenn Du ihm kein ganzes und volles Herz bringen kannst, so wäre es wohl Sünde, ja zu sagen; was Du von Herrendienst und Freiheit sagst, das, mein Herz, hat in meinen Augen kein Gewicht. Wer dem rechten Herrn dient, der steht frei vor jedem Herrn der Erde.

Auf Wiedersehen!

Deine Lotte.

*

Helene an Lottchen

Oktober 1833.

Es ist vorüber. Der Traum ist ausgeträumt, mit den fallenden Blättern fällt meine letzte, leiseste, süßeste Hoffnung, O Lottchen, jetzt sei mir nahe, gib mir Dein klares Auge, Dein ruhiges Herz, Deine stete Hand, die den unscheinbaren Pilgerstab ergreift, wenn die Rosen, mit denen sie ihr Leben zu schmücken gedacht, ihr welk entfielen.

Ich habe ja nie geglaubt zu hoffen, ich glaubte in die tiefste Tiefe meines Herzens jeden vermeßnen Wunsch verschlossen; – aber wer will dem Flug eines jungen Herzens Zügel anlegen? Und wenn ein ganzer Himmel vor Dir steht: Freiheit, Unabhängigkeit, Glück, Liebe und Seligkeit; steht es dann in *Deiner* Macht, Deine Augen abzuwenden und sie auf eine graue Mauer zu heften? Da lies den Brief der Gräfin. Doch nein, ich kann ihn der Post nicht anvertrauen, auch will ich mich nicht von ihm trennen, so weh er mir gethan.

Sie schreibt mir: der Freiherr (den Namen will ich nun nicht mehr nennen) sei bei ihr gewesen und habe ihr anvertraut, daß er sein Bewußtsein gedrückt fühle durch sein Betragen gegen mich. Er habe sich dem Interesse, das ihm meine Erscheinung eingeflößt, zu unbedacht hingegeben, er habe den Wunsch, den er gehegt, mir seine Hand zu bieten, zwar nicht ausgesprochen, doch auch nicht verborgen. Eine ruhige Erwägung aller Verhältnisse jedoch, eine Besprechung mit seiner Mutter, die ihn über den Stand seines Gutes und seiner Aussichten für die Zukunft aufgeklärt, habe ihn erkennen lassen, daß er mir kein ungetrübtes Glück bieten könnte, und daß man festgesetzte Schranken, selbst wenn sie auf bloß menschlicher Ordnung beruhen, nicht ungestraft überschreite.

Er sei sich bewußt, mir seine Gefühle, wenn auch nicht mit Worten, kund gegeben zu haben, und könne sich nicht beruhigen, wenn mir die Gräfin nicht auf die zarteste Weise sein Bedauern darüber mittheile und um meine Vergebung für ihn bitte, falls er meine Ruhe auch nur entfernt gestört habe. Ein Recht, selbst zu mir zu sprechen, habe er nicht, und würde es für unzart halten.

Was die Gräfin beifügt, ist feiner und weniger hoch herab, als ich ihr zugetraut hätte; es scheint mir, das bloße Interesse eines Standesgenossen für mich hat mich in ihren Augen gehoben, und nun keine Gefahr ist, daß ich je als Eindringling in ihren Kreis trete, kann sie unbesorgt als Frau zu der Jungfrau, nicht als Gräfin zu der Gouvernante sprechen.

Es tröstet mich, daß auch sie mich versichert, mein Benehmen sei vollkommen weiblich und zurückhaltend geblieben, ich habe mir nicht die geringste Annäherung vorzuwerfen.

Es liegt etwas unendlich Bittres in *dieser* Verhandlung durch einen dritten Mund, aber er hat es redlich gemeint, Gott helfe mir die letzte Bitterkeit überwinden! Ich habe kein Recht, ihm Vorwürfe zu machen. Meine Klage kann nur die der Blume sein:

> Weh mir, daß ich dir vertraut,
> Als mich wach geküßt dein Strahl,
> Daß ich dir in's Aug geschaut,
> Bis es mir das Leben stahl.

Ich will auch nicht klagen, o, ich habe ja so selige Stunden gehabt, Stunden, in denen ein Wort, ein Blick nachklang in meiner Seele, in denen das glänzende Bild einer seligen Zukunft sich meinen Augen entrollte; – es ist vorüber.

Meine Zukunft liegt im Dunkeln. Die Mutter zieht nach U. zu ihrer Schwester, meine Geschwister bleiben bei ihr. Mir sagte die Mutter: »du bleibst natürlich bei mir, bis du wieder eine ganz passende Stelle hast, die dir mehr zusagt als die erste.« Was ich vor einem Jahr im Uebermuth ergriff, ist nun zur Notwendigkeit geworden.

Aber ich werde nie mehr in ein adeliges Haus gehen; unter Meinesgleichen kann ich Gehilfin sein, dort bin ich nur Dienerin; lieber Kindsmagd als Gouvernante! Gesellschafterin vollends gar nicht, das ist ein Seelenverkauf; als Haushälterin vermiethe ich doch blos meine Hände, als Lehrerin meine Kenntnisse, als Gesellschafterin muß meine Stimmung, mein Gefühl, mein Geschmack zu den Diensten der gnädigen Herrschaft sein.

Im Ganzen ist's gleich, *was* ich pflanze auf dem Grabe meiner verödeten Freuden: Blumen wachsen nimmer darauf.

Was ich Dir schrieb, das laß zwischen uns zwei begraben sein, sprich auch nicht davon, ich weiß, daß Du mich ohne Worte verstehst; aber wenn Du kannst, so komm zu mir, Dein letzter Besuch hat mir so wohl gethan. Leb wohl und bete für

Deine Helene.

Eichthal, Oktober 1833.

Meine gute Helene!

Wohl habe ich für Dich gebetet und um Dich geweint, und bin so weit gekommen, Dein Loos auf's Neue mit Vertrauen in Gottes Hand zu legen.

Ich kann nicht so ganz schweigen wie Du verlangst, mein liebes, liebes Herz; ach, auch ich war in meinen Träumen für Dich viel vermeßner, als ich je aussprechen mochte. Weißt Du noch, im Institut war's immer die allgemeine Annahme: »Die Helene ist noch zu was Rechtem berufen.« Ich dachte mir – doch, es ist gleich was ich dachte: Gottes Gedanken waren andre, und es sind Gedanken des Friedens über Dich, nicht des Leides, dessen sei Du gewiß, meine liebe Helene.

Gib Dich seiner Führung hin, mein Herz, und wähle nicht zu eigensinnig. Ich möchte noch einmal sagen: diene Gott, sieh auf Gottes Augen, so kann kein Menschendienst Dir zu schwer werden. Mein Geschmack wäre freilich auch, lieber unter Meinesgleichen zu bleiben; doch darfst Du nicht übersehen, daß manche Demüthigung viel bitterer zu ertragen ist in Verhältnissen, wo der Besitz den einzigen Abstand bildet.

Für so todt und begraben darfst Du Dein Leben nicht ansehen, liebe Seele, es liegt noch ein seligeres Ziel vor uns, als das Glück irdischer Liebe, und dies Ziel erreichen wir nicht, wenn wir beim ersten Hügel, den es zu übersteigen gibt, am Wege liegen bleiben.

Gott wird nicht verlangen, daß wir gleich hüpfen und springen sollen, aber ruhig voran, wenn auch mit müden Schritten; er gibt uns überschwenglich über unser Bitten und Verstehen.

Bei der Tante geht es mit raschen Schritten dem Ende zu, und Gott sei Dank, die Morgenluft der Ewigkeit, die sie anweht, scheint die Erdennebel zu zerstreuen, die ihren Geist so lang bedrückt. Martha beginnt sich zu den Füßen des Herrn niederzulassen. Es ist ihr und uns Allen unbeschreiblich wohl in der Ruhe, die über ihr ganzes Wesen ausgegossen liegt, sie lebt nun heiter wie ein Kind von einer Stunde zu der andern.

Tante Mine ist angekommen, eine Schwester des Onkels, die früher mit ihnen beisammen gelebt hat, aber seit Jahren im Unfrieden von ihnen getrennt lebt. Gott weiß, worüber ursprünglich der Hader anging: ich glaube, Tante Mine schlägt bei Bisquit das Eiweiß zum Schaum und Tante Rike verrührt es bloß. Es ist zum Lachen und Weinen, wenn sie jetzt alle ihre gegenseitigen Mißverständnisse aufklären und sich von Herzen vergeben. Mein Gott, mit welch kleinen, kleinen Steinchen können die Menschen sich den Lebensweg verbauen! Da hatte die Eine ihre Betten nicht überdeckt aus Reinlichkeit, um sie verlüften zu lassen, und die Andre hatte sie bedeckt aus Pünktlichkeit, die Eine wollte die Fenster mit Fließpapier putzen und die Andre hielt Leder für besser, die Eine wollte die Mangwäsche bügeln und die Andre nicht, und Eine wollte Zwiebeln im Pfannkuchen und die Andre Speck, und darüber haben sie Jahrelang gehadert und am Ende Jahrelang sich nicht mehr gesehen.

Jetzt sitzen sie Hand in Hand und lachen selbst über ihren elenden Verdruß und thun sich zu Liebe, was sie noch können, aber das ist gar wenig mehr.

Auch Albert ist es wohl ums Herz, seit er der Mutter zum erstenmal seine Kindesliebe zeigen kann, und sie wird nun erst ihres Kindes froh, unbeirrt von einem etwas zerknitterten Hemdkragen oder einer offnen Halsbinde.

So athmen wir Alle noch um dieses Sterbebett, das Gottlob ein schmerzloses ist, eine Luft der Liebe und des Friedens, die uns Kraft geben wird für die letzte, schwere Stunde, die nicht mehr ferne sein kann. Gott helfe ihr glücklich hinüber!

An einen Besuch bei Dir kann ich zunächst noch nicht denken. Gott sei mit Dir, liebe Helene.

*

Helene an Lottchen.

U. ... 21. März 1834.

Ich wollte Dir nicht schreiben, liebes Lottchen, bis ich Dir ein klares Bild meines neuen Aufenthaltes und neuen Wirkungskreises geben könnte. Ich habe, wie Du weißt, in der neuen Wohnung der

Mutter hier mein eignes Zimmerchen gemiethet und versuche Unterricht zu geben, um mir so eine unabhängige Existenz zu sichern. Es ist mir eine schwere Sache, mit einem Herzen, das mit dem Leben abgeschlossen hat, neue Lebenspläne zu entwerfen; ich möchte mich lieber in tiefe Einsamkeit versenken und brüten über dem begrabnen Glück; aber das Leben, das rauhe, unbarmherzige Leben mit seinen Bedürfnissen und seinen Forderungen!

Ich habe nun ziemlich viele Lektionen zu geben, aber ich könnte nicht sagen, daß ich mich sehr befriedigt von dieser neuen Laufbahn fühlte. Zwang, Abhängigkeit, dieser Dämon, der mich überall verfolgt, läßt mich auch hier nicht los.

Als Gouvernante wußte ich doch wenigstens die Ordnung des Tages und konnte mich darnach richten, ich war, wenn Du so willst, fremdem Willen unterworfen, aber doch einem einzigen und gerade keinem unvernünftigen. Jetzt bin ich die gehorsame Dienerin von etwa zehn Vätern und Müttern, die Kinder nicht gerechnet, die auch ihren Willen gehörig geltend machen.»Fräulein Winter, könnten Sie nicht meiner Julie die Stunde morgen früh geben, wir machen Nachmittags einen Ausflug?« – »Mama läßt bitten, die heutige Stunde auf übermorgen zu verschieben, es ist heute Tanzkränzchen.« – »Papa läßt Sie ersuchen, zur Lektion zu uns zu kommen, Lina hat Zahnweh und soll nicht in die Luft.« –

Dann die Bemerkungen über meine Methode, die Wünsche in Betreff des Unterrichts! da war's bei meiner Gräfin ein Paradies dagegen. Dort wünscht ein Papa mehr Festigkeit in der Grammatik, da findet eine Mama, daß die Prononciation nicht fein genug ist, eine Andre räth mir mehr Lebhaftigkeit beim Unterricht, eine Dritte meint, ich sollte mehr lesen, um Stoff zur Konversation zu haben, eine alte Madame engagirte mich zu Abendspaziergängen mit französischer Konversation, sie ist in beständiger Erwartung, daß wir noch Franzosen in's Land bekommen, und meint, es sei da doch nöthig, sich vorzusehen; da soll ich beständig einen imaginären feindlichen Offizier vorstellen, an den sie die hochherzigsten Reden halten will, die sie alle mit *mon colonel!* beginnt, und dann nimmer weiter kommt. Wenn ich ihr abscheuliches Französisch, z. B. *menez-vous de la guerre avec les dames?* korrigire, so versichert sie mich, sie habe schon vor fünfzig Jahren in der Strickstunde Französisch gelernt bei einer *Eingebornen*, und will mich belehren. Ich weiß wohl, *Dich* würden solche Dinge ergötzen, mich machen sie nur müde und lebenssatt.

Dann hörte ich schon, wenn auch nur aus dritter Hand, nicht nur Einmal die Bemerkung, meine Lektionen seien wirklich etwas theuer, Herr Levailleur, der doch ein geborner Franzos sei (ich glaube, er war einst Perrückenmacher), gebe die Stunde zu 18 kr. Und ich! ich darf ihnen nicht die Bücher sammt dem elenden Geld, um das ich ihnen meine Zeit, meine Freiheit, meine geistige Kraft verkaufe, in's Gesicht werfen, ich muß mit der artigsten Miene fortfahren, mich nach jeder Laune zu richten, und mich den theuren Zöglingen ja nicht in übler Laune zeigen!

Mit der Mutter käme ich allenfalls schon aus, von ihr natürlich muß ich mir Bemerkungen und etwa auch Ermahnungen gefallen lassen, aber da ist noch ihre ganze Familie da, die sich berufen fühlt, auch Theil zu nehmen an meinem Schicksal und mir weise Räthe zu geben.

Und dann, – ich mache keine Ansprüche mehr an's Leben, das weißt Du, aber wenn ich andere Mädchen meines Alters im Kreise der Ihrigen harmlos ihre Jugend genießen sehe, und ich schreite als die bezahlte Mamsell im Geschäftsschritt von einer Lektion zur andern, werde vielleicht hie und da aus Gnaden irgendwo eingeladen, – so steigt mir doch ein natürliches Gefühl der Bitterkeit auf.

Doch Dir sollt' ich nicht so reden, die Du nicht weißt, was Klage und Bitterkeit ist; ich wollte, ich hätte Deine Bienennatur, die aus den Disteln noch Honig ziehen kann; ich habe sie nicht.

Verlaß mich darum nicht, ich möchte auch wissen, ob Du noch bei Deinem Onkel bist und ob Du dort bleibst, überhaupt wie Dir's geht. Schreibe recht bald

Deiner Helene.

*

Eichthal, April 1834.

Meine liebe Helene!

Halte mich doch nicht für bösartig und für gefühllos, wenn ich Dir gestehe, daß ich über Deinen Brief neben aller innigen Theilnahme, die ich für Dich habe, doch ein Bischen lachen mußte. Liebes Herz, der liebe Gott hat's wirklich schwer, Dir's recht zu machen. Ich bin sehr froh, daß ich Dein Geschick nicht in Händen trage, ich wäre in der That in Verlegenheit, wie ich's Dir zu Danke machen sollte. Mir kam das Unterrichtgeben ein so glücklicher Ausweg für Dich vor, gerade für Dich, und ich bin ganz betroffen, daß das nun wieder nicht recht ist. Als Du bei Deinen Eltern warst, trieb Dich's in die Fremde, nun beneidest Du die Mädchen, die noch daheim unter dem Schutz ihrer Eltern sind, wenn sich die Leute um Dich bekümmern, so fühlst Du Dich bevormundet und beschränkt, thun sie's nicht, so fühlst Du Dich unbeachtet und verlassen.

Doch, nichts für ungut, liebe Helene, ich weiß ja, wie viel Du verloren: wenn die Augen noch trüb sind vom Weinen, so ist es nicht leicht, die Sterne auch durch dunkle Wolken zu erkennen. Ich habe Dich doch lieb, wenn Du mir auch da und dort noch unbegreiflich bist, der liebe Gott wird schon noch den rechten Schlüssel finden.

Eins scheint mir Dein Unglück, Helenchen, Du kannst die Leute nicht lieb haben, mit denen Du zu thun hast, und wo das ist, da muß freilich jeder Beruf schwer lasten. Wie das anders zu machen ist, weiß ich nicht recht, bei mir kommt das lieb haben so von selbst, ich denke aber, es ist auch eine Gottesgabe, um die man bitten darf, wenn sie nicht verliehen ist; gib Acht, wenn Du Deine kleinen Mädchen und Deine alte Madame, die ja höchst ergötzlich ist, recht lieb hättest, es ginge Alles leichter von Statten.

Bei uns ist es nun daran, die Haushaltung abzubrechen; nächsten Monat wird der Onkel übersiedeln zu Tante Mine, die alten Geschwister wollen ihre Tage zusammen beschließen.

Es wird so das Beste sein, Du glaubst nicht, wie sehr Onkel seine Frau vermißte. Seine Liebhabereien schienen ihm gar nicht mehr so viel Freude zu machen, seit er ihnen ganz ungehindert und unverkümmert nachkommen konnte. Ich quälte mich lang und vielfach ab um neue Unterhaltungsstoffe. Endlich fiel mir bei Onkels Essigfabrikation, die nun auch unterblieb, ein, daß er vielleicht Interesse an der Chemie gewinnen könnte. Da man nun in unsrer populären Zeit alles populär macht, so entdeckte ich auch wirklich ein Lehrbuch der Chemie, das ich, mit Hilfe der Institutsgelehrsamkeit, leicht verstehen konnte. Da haben wir denn zusammen studirt und laborirt und Versuche gemacht mit Wasserstoff und Kohlenstoff; gelungen ist's gerade nicht, aber wir waren doch vergnügt dabei und hätten nächstens probirt, den Stein der Weisen zu finden.

Tante Mine wird nun freilich keine chemischen Versuche mit dem Onkel anstellen, aber die haben eine gemeinsame Kindheit und Jugend, und die Erinnerung daran, alles, was der Papa selig gesagt und die Mama selig gethan hat, reicht wohl aus für den Rest ihres Lebens.

Ich will nun Alberts Ausstattung vollenden, so wie sie noch Tante für ihn bestimmt hat; er soll, wenn er seinen Kurs in der Ackerbauschule beendet hat, auf Reisen gehen. Gott geleite ihn! es ist ein gutes, tüchtiges Gemüth.

Ich aber werde alsdann der Bitte meines Vetters, des Herrn Präzeptors Zweigler in Weilburg folgen und in sein Haus eintreten als Hausjungfer, Gehilfin, oder wie Du's heißen willst, der Name thut nichts zur Sache. Kostgänger und Kinder vom Hause treffe ich dort genug, so daß mir's nicht bange sein darf, daß meine Zeit und Kraft brach liegen werde.

Ich bin recht gespannt, wie sich mein neues Leben unter so viel junger Welt machen wird, aber das Herz thut mir Weh, wenn ich denke, daß sich nun bald das Haus schließt, das mir, trotz aller Schatten, doch eine liebe gute Heimath war.

Dir, Liebste, wünsche ich guten Muth oder einen guten Ausweg in eine neue Bahn, die Dir besser zusagt. Von Herzen

Deine *Lotte.*

*

Helene an Lottchen

Linsthal, November 1834.

Abermal wäre ein neues Blatt in meiner Geschichte umgeschlagen, ein gar einfaches, doch wird es Dich in etwas in Erstaunen setzen. Mit dem Unterricht geben ist's vorüber, Du weißt längst, daß ich das nicht beklage, so sehr ich auch nach Deiner Anweisung mich bemüht habe, diesen Beruf und meine flatterhaften Zöglinge lieb zu gewinnen.

Eine Mademoiselle Courtmoulin, eine *eingeborene* Französin, auf was die Bewohner von U. so viel Werth legen, hat sich dort niedergelassen, und die lernlustige Jugend lief ihr in Schaaren zu. Die besorgten Mütter meiner Zöglinge, die rücksichtsvollen unter ihnen nemlich, meinten, das Unterrichten sei wirklich für meine Nerven zu anstrengend; die Schülerinnen, die nicht von selbst gingen, habe ich entlassen, und Mama und ihre Familie hielten bereits wieder Sitzungen, um zu berathen, was mit mir anzufangen sei, als sich ein Ausweg öffnete.

Du weißt, daß meinem Vater nicht mehr möglich war, Verfügungen für die Seinen zu treffen. Zum Vormund von uns ältern Geschwistern erbot sich ein Bekannter und entfernter Verwandter des Vaters, Herr Kommerzienrath Milber, ein wohlhabender Kaufmann, der sich auf einem kleinen Landhause hier bei Linsthal zur Ruhe gesetzt hat. Dieser nun machte mir den Vorschlag, zu ihm zu ziehen und die Leitung seines kleinen Hauswesens zu übernehmen, da seine Schwester, die indeß bei ihm war, gestorben ist.

Herr Milber steht im Rufe eines sehr respektabeln Mannes, ein dienstbares Verhältniß ist dies eigentlich nicht, es sichert mir alle Freiheit und Unabhängigkeit, die überhaupt für ein Mädchen möglich ist, so zögerte ich nicht, es anzunehmen, und ich bin nun bereits seit einigen Wochen hier zu Hause.

Diese Wendung war nicht vorgesehen in unsern jugendlichen Planen; Du, ja freilich Du, wolltest allzeit barmherzige Schwester werden und Kleinkinderlehrerin und was Alles, – ich hatte mir's etwas anders gedacht.

Die Stille und Ruhe meines hiesigen Aufenthalts thun mir wohl. Du wirst einige Zweifel in mein Talent als Haushälterin setzen, es ist aber hier eine leichte und einfache Verwaltung, ein alter Knecht besorgt Garten und Pferde, eine Köchin und eine Hausmagd Küche und Haus.

Ich habe mein Zeichenbrett und die Farben wieder hervorgeholt, Herr Milber freut sich, mein Klavierspiel zu hören, es kommen hie und da Besuche aus der Nachbarschaft, die die ländliche Einsamkeit beleben, – ich glaube, dies stille Leben ist das Beste für mich, es ist mir nöthig nach so viel Stürmen.

In der Stille meines hiesigen Aufenthalts habe ich nun auch Zeit, der Vergangenheit zu leben, der süßen, seligen Vergangenheit. Wie konnte ich noch klagen über den Druck und die Entbehrungen meines Gouvernantenlebens, nachdem ein solch goldnes Licht darüber aufgegangen war! Jede Minute jener Zeit koste ich jetzt aus, jedes leise geflüsterte Wort; – er hat mich doch geliebt! auch wenn Alles jetzt vorüber ist, und dies Bewußtsein macht mich reich.

Gesellschaft ist mir hier nicht besonders angenehm, obgleich hie und da recht umgängliche Leute einsprechen; – meine eigene Stellung hat denn doch etwas Schwankendes, Unbestimmtes. Ich wollte, Herr Milber, der ja im Alter meines Vaters ist, würde mehr die Haltung eines Vaters annehmen; er ist nur allzu aufmerksam, zu rücksichtsvoll: ich hätte gerne bei ihm gut gemacht, was ich bei meinem guten Vater versäumt, – seine Artigkeit beunruhigt mich mehr, sie läßt mir weniger Sicherheit.

Es ist gar kein übler Herr, mein Herr Vormund, nur hält er noch etwas zu viel auf sein Aeußeres, das zu keiner Zeit sehr hinreißend gewesen sein kann, auch ist er hie und da in Verlegenheit, was er mit der Zeit beginnen soll, die Toilette nimmt zwar immerhin einige Morgenstunden in Anspruch, – es freut mich, als Zeichen seiner Achtung, daß er sich nur in vollem Anzug vor mir sehen läßt, – dann hat er eine Menge Uhren, Standuhren, Wanduhren, Spieluhren, Taschenuhren, Dosenuhren, die er mit großer Sorgfalt aufzieht, dann macht er seine Promenade, auf der ich ihn zuweilen begleite, die Zeitungen füllen einige Stunden aber – der Tag ist lang, und wissenschaftliche Interessen konnte sein früheres unruhiges Geschäftsleben nie nähren. Seine belletristische Lektüre war meistens Lafontaine, ›Henriette Bellmann, ein Gemälde schöner Seelen‹, hat er mir dringend empfohlen; als ich ihm aber lachend gestand, daß es mir rein unmöglich sei, das Buch zu Ende zu bringen, schien er etwas beschämt, er liest seitdem auf meinen Rath den Walter Scott, mit wie viel Genuß kann ich nicht sagen.

Du aber, Liebe, bist ja ganz und gar verschollen. Daß Du im Juni erst Deinen Onkel zu seiner Schwester begleitet, daß Du dann das Vergnügen hattest, den Onkel Gottlieb und die Tante Mine, die sich zur Gesellschaft Beide krank wurden, zu verpflegen, das sagte mir Dein letztes, kurzes Briefchen. Nun aber werden sie doch wohl gesund sein, und ich möchte wissen, ob Du nun bei Deinem Vetter Präzeptor eingerückt bist, wenn Du nicht auf dem Heimweg noch einen Samariterdienst zu verrichten gefunden hast.

Morgen ist mein einundzwanzigster Geburtstag, da hoffe ich auf einige Worte von Dir. Denkst Du noch an meinen siebzehnten? Den ersten, den wir nach der Rückkehr von der Pension in meinem Elternhause zusammen feierten? Wie golden und rosig lag da die Zukunft vor unsern Augen! Dann kam des Vaters Tod, – und Alles, Alles wurde anders.

Was ist mir heute noch geblieben von jenen glänzenden Träumen? – Nichts, als Ruhe für ein müdes Herz.

Lebe wohl und denke in Liebe

Deiner *Helene.*

*

Weilburg, Februar 1835.

Liebe Helene!

Es ist lange angestanden, bis ich dazu komme, jenem flüchtigen Geburtstagsgruß einen ordentlichen Brief folgen zu lassen.

Ich könnte freilich etwas von der Ruhe und Muße Deines Aufenthalts zu Linsthal brauchen, die mir Deine zwei letzten Briefe schildern. Ich gönne sie Dir zwar von Herzen, aber, nimm mir's nicht übel, Liebe, eigentlich bist du noch zu jung zu einem solchen Stillleben, das wäre ein Ruheplätzchen für eine alte Großtante. Ich meine ein Bischen Arbeit, das heißt Arbeit, die sein muß, wäre besser, als die langen stillen Mußestunden am Fenster und Klavier.

Sieh Dich auch ein Bischen um, bekümmere Dich um Deine Nachbarn und ihre Kinder, und wenn der Lenz beginnt, so leg ein wenig mit Hand an im Garten, das Stillsitzen und Brüten über seinen eignen Gedanken taugt nichts, das sagt Dir Eine, die aus Erfahrung spricht, und die froh ist, daß sie nicht allzuviel Zeit hat, allein zu sein mit einem kindischen Herzen.

Auch für die Unterhaltung Deines alten Herrn dürftest Du etwas mehr thun; wozu ist man gebildet und geistreich, wie meine Helene, wenn es nicht auch Andern zu gute kommen soll? Du lies't so viel den lieben, langen Tag, da würde ich mir auswählen, was etwa den Herrn Vormund ansprechen könnte, ist mir's ja doch sogar mit dem Onkel gelungen!

Der Abschied vom Onkel ist mir noch recht schwer geworden. Albert, der gute Junge, den ich noch nie weinen sah, als an seiner Mutter Leiche, zerfloß fast in Thränen, als er mir Lebewohl sagte, und der Onkel, – ich habe ihn nie so wortreich gesehen, als er in seinem Danke wurde, bis ihm die Stimme brach, und er nur noch sagen konnte:»Gott vergelte Dir's, Gott vergelte Dir's, Lottchen.«

Um Albert thut mir's am meisten leid, daß ihm das Vaterhaus verschlossen ist, zu der Tante Mine hat er gar zu weit. Er wird nun seine Reise angetreten haben, Gott geleite ihn und führe ihn so gut und rein zurück, wie er geht!

Ich aber, meine Liebe, bin nun allhier bei meinem Vetter, dem Herrn Präzeptor Zweigler, und seiner Frau förmlich angestellt, habe unbeschränkte Vollmacht über 24, sage vierundzwanzig junge, hoffnungsvolle Sprößlinge, künftige Minister und Präsidenten, Prälaten, Pfarrer, Advokaten, Schreiber und Apotheker; eine Vollmacht, die bis zu dem Recht geht, Ohrfeigen auszutheilen, von dem ich aber nicht gedenke, Gebrauch zu machen.

Neben diesen vierundzwanzig Anvertrauten hat meine liebe Base, Frau Zweiglerin, die Welt bis jetzt alljährlich um ein neues Glied vermehrt, so daß es in allen Ecken wimmelt und wuselt und mir unser Haus mit seiner Einwohnerschaft oft vorkommt, wie die Flasche mit einem Bergwerk im Leib, wo man wohl sieht, was alles da drinnen ist, aber absolut nicht begreift, wie es hineingekommen.

Das ist ein Ernst, liebe Helene! Wenn ich auch noch so goldige Erinnerungen hätte, ich hätte wahrhaftig nicht Zeit, ihnen nachzuhängen; und meine Zukunftsträume, – die gehen nicht weiter, als vom Morgen bis zu der Stunde, wo unser wildes Heer in die Schule abgetobt ist, und vom Abend bis zur Nacht, wo sie endlich zur Ruhe sind, und ich meiner geplagten Base mit ihren drei kleinen Schreiern zur Hilfe eilen kann.

Zuerst, das gestehe ich Dir, wurde mir seelenbang, als ich das Gewimmel und Getrieb im Hause mit ansah, aber es ging, wie Jean Paul von der Wetterwolke sagt: aus der Ferne ist sie schwarz, über uns nur grau. Ich versichre Dich, ich stehe jetzt schon so gut mit den kleinen Burschen, sie haben ein solches Zutrauen zu mir, theilen mir ihre kleinen Geheimnisse, ihre Briefe und Kuchen von der Mama mit, daß ich mir's oft zum Vorwurf mache, daß ich mich hier schon wieder so daheim fühle und die alte Heimath nicht vergessen, aber verschmerzt habe.

Mein Herr Vetter (von wannen eigentlich unsre Verwandtschaft stammt, weiß ich nicht recht, es lebt an einem Ort noch eine uralte Jungfer Zweiglerin, die es wissen soll), führt oft ein gar scharfes Scepter, er sagt, es sei sonst unmöglich, die Buben im Zaum zu halten, da muß ich denn beständig die Vermittlerin und Fürsprecherin machen, und wo ich gehe und stehe zupft mich Einer am Ermel und Einer am Kleid:»o, Fräulein Lottchen, da ist mein Ermel zerrissen,« –»Fräulein Lottchen, fragen Sie auch, ob wir in's Bad dürfen!« und noch tausenderlei andre Gesuche.

Am Samstag ist großer Waschtag, da sollen sich die Jungen, groß und klein, alle von mir strählen und kämmen lassen. Das ist keine kleine Aufgabe; all mein Gedächtniß und meine Phantasie muß ich aufbieten um wundersame Geschichten, mit denen ich sie zum Stillhalten bewege, sie werden oft so abenteuerlich, daß kürzlich Einer der Kleinen bedenklich sagte:»hören Sie, Fräulein Lottchen, ich glaube, das ist ein verlognes Mährchen,« und triumphirend schrie die ganze Schaar:»ja, ja, das hat Lottchen selber erfunden!« als hätten sie einen großartigen Betrug entdeckt.

Sehr erstaunt sind meine Jungens über die Brocken lateinischer und sogar griechischer Weisheit, die ich vor Zeiten von Albert aufgeschnappt habe; es verbreitete sich zuerst die Sage unter ihnen, Lottchen verstehe Griechisch und Latein. Leider haben mich ein paar Verstöße beim Ueberhören um diesen falschen Ruhm gebracht, im Französischen aber bleibe ich die höchste Autorität, und, allen Respekt vor meinem gelehrten Herrn Vetter, aber ich glaube wirklich, es hierin mit ihm aufnehmen zu können.

Aber ich weiß nicht, ob in deinem Stillleben Scenen aus dem Gentheil noch Interesse erwecken. Du kämst zu keinem so langen

Brief, wenn ich nicht heute die Nachtwache bei einem unsrer Knaben übernommen hätte, bei dem man eine Hirnentzündung fürchtet. Gott lenke es gnädig zum Besten; wir erwarten morgen seine Mutter.

Was meinst Du, schlage dem Herrn Kommerzienrath vor, er soll etwa nur die Hälfte unsrer Jungen zu einem Ferienaufenthalt auf sein Landgut laden, um eure Einsamkeit zu beleben? das würde euch Beiden gut thun.

Lebe wohl, liebe Helene.

*

Mai 1835.

Liebes Lottchen!

Du erhältst diesen Brief von U. aus, wo ich wirklich bei der Mutter bin, um einen wichtigen Entschluß mit ihr zu berathen.

Mein Vormund hat mir vor acht Tagen seine Hand angeboten. Du kannst Dir denken, in welche Aufregung mich diese Werbung versetzt. Ich hätte sie freilich ahnen können, Du weißt, ein Mädchen sieht scharf in diesen Dingen; aber ich *wollte* es nicht glauben. Ich glaubte, hier Ruhe gefunden zu haben, und wenn mich auch meine Stellung nicht befriedigte, wenn auch hier mich manches Bittere und Demüthige traf, so fühlte ich mich doch freier und unabhängiger als sonst. Diese Unabhängigkeit war freilich nur Täuschung, das wird mir jetzt klar, wo ich fühle, daß ich diese Freistätte verlassen muß, wenn ich nein sage; und damit ist Milber kein Vorwurf gemacht, der seine Werbung so zart, so achtungsvoll aussprach, wie es nur je ein stolzes Mädchenherz erwarten kann; das ist die Schuld der Verhältnisse, die unser armes Geschlecht knechten vom ersten Athemzug bis zum letzten Hauch.

Milber hat recht lieb und herzlich mit mir gesprochen, er verkennt die Kluft nicht, die die Jahre zwischen uns bilden, – achtunddreißig Jahre, – aber er legte mir seine ganze Vergangenheit vor Augen: eine Jugend voll Arbeit, Sorgen und Entbehrungen, eine lange, lange freudlose Ehe an der Seite einer grämlichen, kränklichen Frau, und nun, wo sich das Glück ihm zugewandt, wo er in Ruhe der edleren Genüsse des Lebens sich freuen könnte, nun steht er einsam, ohne Kinder, ohne Geschwister, und es würde ihn glücklich machen, mir Alles zu Füßen zu legen, was ihm das Glück bescheert, meine Jugend mit dem zu schmücken, was ihm noch wenig Herzensfreude gebracht hat.

Du denkst vielleicht, das hätte er auch können, wenn ich wie bisher in einem töchterlichen Verhältniß mit ihm gelebt hätte, – aber sieh, er ist vielfach beschränkt und bedrängt von Verwandten, die sich Rechte auf ihn anmaßen, und es ist ihm drückend, mich in einer eben doch untergeordneten Stellung zu sehen.

Und es ist wahr; wenn Leute, die im Haus Geschäfte haben, fragen:»ist das die Frau?« und hören die gleichgültige Antwort:»nein, nur die Jungfer,« wenn man in Gesellschaft nach meinem Namen fragt und ich höre:»die Haushälterin Herrn Milbers,« so ist mir's ein Dolchstoß in's Herz.

Und nun sage mir, was soll ich thun? Daß ich diesem Mann nicht *Liebe* geben kann, in dem rechten, tiefen Sinne des Wortes, ist klar, auch kann er daran nicht denken; aber ich kann ihm meine Treue, meine kindliche Hingebung und Sorgfalt weihen, ich kann ihn glücklich machen, ich, die selbst längst die letzte Hoffnung auf Glück begraben hat. Er bietet mir seinen Schutz, seinen ehrenwerthen Namen, eine gesicherte Zukunft.

Im andern Falle muß ich das Dach verlassen, das mir seither eine Heimath bot, muß entweder als überzähliger Gast am Herde der Mutter bleiben, oder hinaus in die Fremde, neuen Demüthigungen, einem neuen Joche entgegen.

Du schließest vielleicht aus meinen Worten, daß mein Entschluß schon gefaßt ist. Ich glaube, es ist so; nicht ohne langen, schweren Kampf.

Du aber, die Du so sehr dafür bist, sich in das Gegebne zu fügen, phantastischen Träumen zu entsagen und das Leben zu nehmen, wie es kommt, Du wirst diesen Entschluß gewiß gut heißen.

Die Mutter gibt mir eine Menge zu bedenken, meint aber schließlich: eine Versorgung wäre es doch, obgleich sie mir wiederholt und herzlich ihr Haus als Heimath anbietet.

Ich denke, Milber von hier aus das Jawort zu geben, und bei der Mutter zu bleiben, bis die Vorbereitungen zu unserer Hochzeit getroffen sind, aber es verlangt mich, zuvor ein paar Worte von Dir zu hören.

Also das wäre das Ende, liebes Lottchen?

Die Blume darf nicht sprossen,
Und ringen nicht das Herz,
Das Leben hat geschlossen
Das Buch von Lust und Schmerz.

Denke in Deinem Gebet

Deiner
Helene.

*

Weilburg, Mai 1835.

Theuerste Helene!

Du glaubst, daß Dein Entschluß schon gefaßt sei, und doch fragst Du mich noch: was soll ich thun?

Gönne mir, gönne Deinem eignen Herzen noch eine Stimme, eh Du entscheidest, mein liebes Herz. Du berufst Dich auf meine nüchterne Lebensansicht und erwartest von mir gewisse Zustimmung. Ich weiß wohl, ich bin ein hausbacknes Ding, ihr habt mich immer die Jungfer Weisheit genannt, und ich hatte jederzeit gewaltig viel Vernunft übrig, – für andre Leute, sein Theilchen Dummheit behält am Ende das Klügste für sich, – aber das Herz wird mir doch unendlich schwer, wenn ich an Deinen Entschluß denke, und ich meine, ich müsse Dich mit beiden Armen zurückhalten.

Ob Du glücklich wirst durch Dein Ja, – ach, liebes Herz, das ist wohl schwer zu bestimmen. Ich habe fröhliche selige Bräute gesehen, deren Ja nur der Schlußakkord der süßen Melodie war, die ihr ganzes Wesen durchklang, und – ich sah sie bald wieder in einsamer Trauer als Wittwen oder – als unbefriedigte Frauen, die nicht verstanden hatten, den schönen Klang festzuhalten.

Ob es *klug* ist, dies Ja auszusprechen, wollen wir darum zunächst nicht fragen, das ist zu Zeiten oft recht schwer zu finden, aber ob es *recht* ist, das sollte doch wohl mit Gottes Hilfe zu ergründen sein. Ich kann ja selbst nicht wissen, was es ist um dies Ja, das unser ganzes Sein, Leib und Seele an ein andres Dasein knüpft, aber es muß etwas unendlich Großes sein, darum bedenke wohl, eh Du es aussprichst. Kannst Du denn diesem Manne angehören, so mit ganzem Herzen, daß im tiefsten Grund Deiner Seele keine Stelle mehr ist, wo er nicht zu Hause sein dürfte?

Du findest es bei Deiner Jungfer Weisheit natürlich, daß sie eine Wahl aus Liebe, was man so nennt, nicht für einzige Bedingung zum Glück der Ehe hält, und da hast Du recht. Ich bin noch jung (ich glaube wenigstens; hie und da komme ich mir erschrecklich alt vor), aber ich habe doch schon in manches Herz und Leben gesehen und gefunden, daß das höchste Glück selten da war, wo man mit den höchsten Erwartungen begonnen hat. Eine solche Liebeswahl fügt sich ja so selten in unsern Tagen, und Gott kann doch unmöglich den Stand, den er selbst eingesetzt hat, in so wenigen Fällen nur mit Glück begabt haben.

Schön muß es freilich sein, wunderbar schön, wenn einem das Leben einmal so recht seine vollen Rosen in den Schooß wirft, aber es liegt Gefahr in diesem Glück: man freut sich seiner Rosen und spielt damit, bis sie welk sind. Wo aber das Glück als ein unscheinbares Pflänzchen in Deine Hand gelegt wird, das Du einsenken, das Du treu und oft mit Mühe hegen und pflegen mußt, da lernst Du Dich auch der kleinsten Knospe freuen und empfindest Dein Glück als Dein Eigenthum und als einen Gottessegen zugleich.

Darum laß Dir nicht das Herz schwer machen durch George Sand'sche Ideen, liebste Helene. Diese hochfliegenden Geister der neuen Zeit, die doch wieder nichts besseres ansprechen, als was diese arme Erde gibt, für die in diesem Leben alles beschlossen ist, und Leib und Seele zusammen aufgehen muß in der irdischen Liebesflamme, wie einst im Todeshauch, – die brauchen freilich für ihr Glück Leidenschaft, Liebe, geistiges Erkennen und sinnliches Verlangen.

Wir aber, die wir ein unbeflecktes und unverwelkliches Erbe ersehnen, die wir ein höheres Ziel im Auge haben, eine Zukunft, wo nur die Liebe unsterblich sein wird, die sich geheiligt hat im Quell der ewigen Liebe, wir sehen das Band der Erde als eine Brautzeit für die höhere Vereinigung der Ewigkeit an, eine läuternde, heiligende; und dazu kann auch die Ehe werden, die nicht allein unsere leidenschaftliche Herzenswahl ist. Wenn ich aber glaube, es ist nicht nöthig, zum Glück sich *vor* der Wahl geliebt zu haben, so ist es doch ganz gewiß nöthig, sich *nachher* lieben zu können.

Noch als kleines Mädchen, wenn ich eine Trauung mit ansah, mußt ich in der Stille ältere Eheleute betrachten, die oft so kühl und trocken oder wohl auch unfreundlich nebeneinander hergingen, und ich mußte mich besinnen: ob denn die auch einmal so schön und heilig miteinander in der Kirche gestanden seien. Und jetzt noch weht mich's unheimlich kühl an, wo die Ehe als nichts denn eine anständige Versorgungsanstalt erscheint.

Vor solchem Loos behüte Dich Gott. Achtung, Freundschaft, gegenseitige Rücksichten, sind gewiß ganz gut für's Zusammenleben mit *allen* Leuten, aber zum Glück der Ehe gehört nun sicherlich mehr, und ein Ja, das nicht mit einer tiefen, heiligen Freudigkeit gesprochen wird, halte ich für Sünde. Aber diese Freudigkeit ist eine Gabe Gottes, und wo er sie nicht verleiht, da liegt der Bund nicht in seinem Willen.

Eine Verheißung der Bibel hat mir immer ganz besonders wunderbar und lieblich geklungen, weil sie auch menschlicher Liebe und Freundschaft eine Weihe gibt:»Wo Zwei unter Euch Eins werden, was sie bitten wollen, das soll ihnen widerfahren von meinem Vater im Himmel.« Ich denke, diese Verheißung könne ihre seligste Erfüllung finden bei zwei Gatten, die zusammen um die rechte Liebe bitten, und was so erbeten wurde, ist am Ende schöner und reicher, als was andern ein freundlich Geschick von selbst in den Schooß geschüttet.

Liebe Helene, glaubst Du, daß Eure Herzen so recht Eines vor Gott sein können? Hier allein gibt es nicht Jugend und nicht Alter, und nur eine tiefe ernste Einigung im Höchsten kann die Kluft der Jahre ausgleichen, die zwischen Euch liegt.

Diese Jahre an sich, so groß auch ihr Unterschied ist, würden mich nicht bekümmern, die Zeit steht in Gottes Hand, und wenn

Du wirklich Deinem Mann zum Segen wirst, so kann Dir ein kurzes Beisammenleben so reiche Erinnerungen geben als das längste.

Aber bedenke Dich, liebes, liebstes Herz, bedenke Dich, wenn Du glaubst, *Freiheit*, Unabhängigkeit zu gewinnen mit dem Wort, das Dich einem Andern ganz und gar zu eigen gibt, so zu eigen, wie kein Verhältniß sonst in der Welt. So weit ich's verstehe, so wird Freiheit in der Ehe nur mit vollster Hingebung erkauft, sonst muß sie unerträglicher Zwang sein.

Aber ich spreche wohl zu viel, und habe doch lange, lange nicht alles ausgesprochen, was mir auf dem Herzen liegt. –

Ist wirklich alles schon entschieden, und steht Deine Wahl fest, so segne sie Gott, liebe Helene. Ich will nicht sagen: vergiß dann, was ich gesprochen, denke nur, daß es meine Liebe sprach. Das weißt Du, daß kein Herz inniger um Dein Glück betet, als das

> Deiner
> *Lotte.*

*

Helene an Lottchen.

Oktober 1835.

Es sind schon viele Monate, liebes Lottchen, seit wir Abschied genommen am Abend meines Hochzeittages; und außer dem kurzen Briefchen, in dem ich Dir unsere Rückkehr von der Reise anzeigte, hast Du noch keine Nachricht von mir. Halte mir's zu gut; es ist nicht eben Mangel an Zeit, was mich vom Schreiben abhält, es ist eine gewisse Mattigkeit, Verdrossenheit, möcht' ich sagen, die mich seither nicht dazu kommen ließ, auch weiß ich Dir wirklich nichts Interessantes zu berichten.

Du fürchtest, ich trage Dir die Freimüthigkeit nach, mit der Du mir über meine Heirath geschrieben? o nein, liebstes Kind, halte mich nicht für so schwach; ich kenne ja die Liebe, die aus Deinen Worten, aus Deinen Warnungen sprach, und vielleicht – hast Du Recht gehabt.

Nimm das für keine Klage, meine Liebe. Es wäre groß Unrecht, wenn ich klagen wollte, – mein Mann ist so sehr gut, so aufmerksam gegen mich, ich muß mich hüten, zu viele Wünsche auszusprechen, er würde sie alle erfüllen. Freilich gibt es Wünsche, die unerfüllbar sind.

Wir haben eine schöne Reise gemacht, am stolzen Rhein, alle die Herrlichkeiten gesehen, in die sich einst unsere Mädchenphantasie geträumt, und das Meer, das geheimnißvolle unendliche Meer. Wie oft, wie oft habe ich Dich an meine Seite gewünscht. Mein guter Mann, der mich überall hinführte, wo er mir nur den leisesten Wunsch ablauschte, konnte meine Begeisterung so wenig theilen. Es ist ihm nicht zu verdenken, in seinem Alter ist man abhängiger von äußern Bedürfnissen, aber erkühlend wirkt es, wenn Du versunken bist in Anschauung der Herrlichkeit des Kölner Doms und Dein Mann flüstert Dir in's Ohr: »Liebes Kind, wir haben Beefsteak bestellt, die werden rein ungenießbar, wenn wir nicht präzis kommen.«

Wir mußten Eine Nacht auf dem Dampfschiff zubringen, eine wundervolle Sternennacht, das Mondlicht zog lange goldne Streifen auf dem Fluß, wir standen auf dem Verdeck und schwelgten in dem Zauber dieser Nacht. Mein armer Mann stand fröstelnd neben mir: »liebe Helene, hast Du nicht noch einen warmen Shawl eingepackt, ich bekomme sicherlich einen Rheumatismus.« – »Warum gehst Du denn nicht lieber in die Kajüte, Lieber?« – »O, man liegt erbärmlich schlecht auf den Divans, ich bin wie gerädert.« Und doch ist mir noch lieber, wenn er sich gibt, wie ihm ist, als wenn er sich unnöthig zusammennimmt und mir zu lieb jugendlicher und poetischer thun will, als ihm zu Muthe ist; ich fürchte, ich bin in solchen Fällen oft unfreundlicher als recht ist. Auf der Reise war es ihm höchst unangenehm, daß er so oft als mein »Herr Vater« angeredet wurde. Zuletzt war ich selbst froh, als ich ihn aus den Beschwerden der Reise glücklich erlöst und nach Hause gebracht hatte. Die neue Einrichtung unsers Landhauses ist sehr, sehr hübsch, ich freue mich, bis ich sie Dir zeigen kann. Es machte mir Freude, ich gestehe es, als eigne Herrin hier zu schalten, zum erstenmal, und alles nach meinem Geschmack zu ordnen. Milber brachte mich freilich fast zur Verzweiflung mit ein paar entsetzlich schlechten Familienbildern, die er durchaus im Salon aufhängen, und mit einer eben so geschmacklosen Uhr, einen Thränenkrug vorstellend, die er auf meinen, wirklich sehr eleganten Schreibtisch placiren wollte, aber ich habe glücklich obgesiegt und Uhr und Bildnisse ins obere Gastzimmer verbannt.

Mit den Dienstboten war ich genöthigt zu wechseln, ich hörte gar zu impertinente Aeußerungen über meine ehmalige und jetzige Stellung im Hause; auch in Gesellschaft fühle ich mich vielfach gedrückt durch den Gedanken, daß Andre meine Wahl eigennützigen Beweggründen zuschreiben.

Aber, ich wiederhole es, es wäre Unrecht zu klagen, Milber ist nur zu gut, – ich denke oft, ein Mann, den ich mehr fürchten müßte, wäre besser für mich. Ich muß mich hüten, seine Güte nicht zu mißbrauchen. Ich fühle mich so oft gereizt, verstimmt, ohne den Grund zu wissen; es sei Nervensache, sagen sie, wir wollen nächsten Sommer in ein Bad gehen, wohin weiß ich noch nicht.

Laß mich nicht zu lange mehr auf Deinen Besuch warten, meine Liebe, er wird eine große Wohlthat sein in der Einförmigkeit unsers Landlebens; namentlich die Abende sind oft sehr lang. Wir haben anfangs zusammen gelesen, aber ich fand, daß meine Lektüre meinen Mann wenig anspricht, das Spiel dagegen ermüdet mich, so macht er meist sein Schläfchen auf dem Sopha und ich lese für mich. Ich lese selbst nicht mehr so gern wie früher; soll ich mich zurückversetzen in alte Träume, die lange verschollen sind, oder Zukunftsbilder entwerfen, wo keine Zukunft ist? Darum, Liebe, wenn Ihr nicht ohnehin Ferien habt, so denk einmal auch an Dich selbst, mache Ferien und komm zu

Deiner *Helene.*

*

Lottchen an Helene.

Mai 1836.

Herzlichen Dank, liebe Helene, für die sonnigen, freundlichen Tage, die ich auf Eurem schönen Landsitze verlebt, für die gastliche Güte Deines Mannes, für Deine alte Liebe, die mir immer auf's Neue wohlthut. Diese Tage im Freien und Sonnenschein haben mich recht aufgefrischt, auch die Kleinen hier sind indeß wohl geblieben, unsere Knaben rücken von allen Seiten wieder ein, und ich habe nicht Zeit zum Heimweh. In diesen ersten Tagen nach der

Rückkehr aus der Heimath, wo ihnen die Mama Leibgerichte kochte und sie bis acht Uhr schlafen ließ, wacht den Jungen leicht das Heimweh auf, da muß man sich ihrer ein Bischen mehr annehmen als sonst, um den Uebergang zu der strengen Schulordnung zu erleichtern.

Wir haben gestern Ostern nachgefeiert, weil sie über die Feiertage zu Haus waren. Das war eine Lust und Herrlichkeit, und mit so wenig Mitteln! ein paar Eier und ein paar Brezeln für Jeden war die ganze Bescheerung, die ich mit großem Aufwand von Scharfsinn im Garten versteckt hatte. Du hättest das Jubelgeschrei hören sollen, als Einer um den Andern seinen bescheidenen Antheil entdeckte und der Letzte den seinigen gar nicht finden konnte, weil ich ihn bei mir in der Laube versteckt hatte. In der Laube aber thronte ich, als Herrscherin über eine ungeheure Chokoladekanne, aus der sämmtliche Mannschaft reichlich erquickt wurde. Die kleine Schaar, die da so fröhlich und rothbackig im grünen Gras lagerte und schmauste, dazwischen die sechs Kleinen vom Hause, die Alle von den Kostgängern geschmeichelt, gehätschelt und verwöhnt werden, und die nun von Einem zum Andern krabbelten und von seinem Antheil naschten, – ich sage Dir, es war ein Anblick zum Malen. Wenn Du Dir mit dem drolligen Jungen Eures Taglöhners, der allemal so possirlich im Gras herumkugelte, und mit den zwei kleinen Mädchen der Wäscherin hie und da so einen Spaß machen wolltest, es würde Deinem Mann, der so herzensgut ist, gewiß auch Freude machen.

Liebste Helene, da bin ich eben dran, aus lauter Delikatesse wie die Katze um den heißen Brei herumzugehen, und wir stehen uns doch so nahe, daß ich wohl wagen darf, von der Leber weg zu reden.

Du könntest glücklicher sein, liebe Seele, Du solltest glücklicher sein und – glücklicher machen. Statt zu brüten, wie und warum Du denn auf diesen Weg gekommen, und ob Du darauf sein solltest, geh ihn frisch und freudig fort, so wird er doch ein Himmelsweg. Es ist, verzeih mir's Liebe, als ob Du mit der Einen That, daß Du mit Deiner Jugend und Schönheit einen so viel ältern Mann genommen, all Deine Opferfähigkeit erschöpft habest, und als ob er fortan sein Lebenlang an diesem Opfer zehren müsse.

Wenn Dich's kränkt, daß Fremde glauben, Du habest Deinen Mann aus Eigennutz gewählt, wie kannst Du sie schöner widerlegen, als wenn Du mit der That zeigst, daß Du es gethan um einen weitern Wirkungskreis, um reichere Mittel zum Gutesthun zu haben, um der freundliche Engel eines sonst einsamen Lebens zu werden?

Gewiß, es thut Deiner Frauenwürde keinen Abbruch, wenn Du einen Abend Brett spielst oder sogar Damen ziehst mit Deinem Mann, weniger, als wenn Du Dich mit der Miene einer gekränkten Unschuld auf's Sopha lehnst und die Gedichte wieder liest, die wir in unsern romantischen Frühlingstagen abgeschrieben.

Faß einmal die Gegenwart frisch und freudig an, Liebe, und sitze nicht immer in tragischem Anschauen der Vergangenheit.

Man sagt, so manche Ehe würde glücklicher sein, wenn die Frauen mehr an ihr Wittwenstübchen dächten.

Du bist kein Kind, liebe Helene, und kannst Dich nicht darüber täuschen, daß sich Dir früher als andern dies Wittwenstübchen erschließen kann. Glaubst Du nicht, das Bewußtsein, daß Du ein Gottessegen warst für den Lebensabend Deines Gatten, wiege ein paar begrabne Mädchenträume auf?

Und nun, verzeih der Predigerin, aber Du weißt, es thut mir weh, wenn ich so schöne Gottesgaben als todtes Kapital liegen sehe, die in lebendiges Herzensglück umgesetzt werden könnten. Halte mir's zu gut und zeige, daß Du in Wirklichkeit mehr und Schöneres thun kannst, als ich mit meiner Altjungfernweisheit predige.

Mit Einem Wort, liebes Herz, sei glücklich und zufrieden, sing' mir nicht mehr mit so herzgebrochener Stimme: ›Schein ich auch zufrieden, fühl' ich doch den Schmerz,‹ – und bleibe gut

Deiner
Jungfer *Weisheit*.

Bitte, sieh auch einmal nach der alten Hanne neben dem Thorhäuschen, die ich so oft besucht, und grüße sie von mir. Für die kleinen Mädchen Deines Taglöhners habe ich von unsern Knaben alte Geschichtenbücher erbeutet, eben so ein noch stattliches Wams für den kleinen Jakoble, der die Gänse hütet, ich hoffe, du wirst Ehre einlegen mit diesen Spenden.

*

Liebes Lottchen!

Der erste Brief von meinem neuen Aufenthalt aus; ach, ich wollte, es wäre der letzte, so innerlich müde, so gebrochen fühle ich mich.

So hat sich mir denn das Wittwenstübchen aufgethan, früher als ich damals geglaubt, und Du hast vor Zeiten recht gehabt, Lottchen, seine stillen Wände sind manchmal laute Prediger, gewaltige Mahner an versäumte Pflichten, an Tage, die sich nicht wieder einholen lassen. Dank sei es Gott, und Dank sei es Dir, meine freundliche Mahnerin, daß ich in den letzten Jahren meiner Ehe mehr an die Pflicht als an meine verfehlten Wünsche gedacht, Dank auch für die Tage des Leidens, in denen ich doch meinem Mann eine Pflegerin sein durfte.

Es war freilich eine schwere Zeit, diese sieben Monate der Krankheit, und sie dünken mir oft mehr als sieben Jahre, aber ich möchte sie manchmal wiederholen, nur um mir das Gefühl eines Berufs, eines Lebenszwecks damit zu erkaufen.

Ich habe mich lange, viel länger als meine Absicht war, noch auf unsrem Landhaus verweilt, nun aber wählte ich mir doch einen andern Aufenthalt; ich mochte es nicht mehr bewohnen, so lang sein Besitz mir durch den verdrießlichen Prozeß mit den Verwandten meines Mannes bestritten ist, auch hätte ich mich dort gar zu einsam gefühlt.

Nach U., wo die Mutter wohnt, wollt ich nicht gerne ziehen. Die Mutter ist gut und freundlich, aber mit ihrer Familie harmonire ich zu wenig, meine Brüder sind fort, und den Geschwistern der zweiten Ehe bin ich immer zu fern gewesen, als daß wir jetzt einander bedürfen sollten.

Da habe ich nun hier, wo mir die Gegend immer gefiel, eine freundliche, elegante Wohnung, Umgang so viel mir beliebt, genieße Achtung und Aufmerksamkeit, habe alle Mittel, mir das Leben so angenehm als möglich zu machen, kann meiner wirklich angegriffenen Gesundheit nach Muße pflegen, und – frage mich fast jeden Morgen, wozu ich denn eigentlich aufstehe und den Tag beginne, und lege mich jeden Abend nieder, müde vom Nichtsthun, mit dem Gedanken, daß es für niemand ein Unglück wäre, wenn ich nicht wieder erwachte.

»Arbeite, mach dir zu thun!« wirst Du sagen. Ach Liebe, ich bin zu matt und abgespannt zu neuen Unternehmungen und Planen, und was ich für mich thue, scheint mir alles unnütz und zwecklos. Ich sticke in Armenbazars, immer mit dem Gedanken, es wäre besser und einfacher, den Armen das Geld geradezu zu geben, das ich hier an unnützes Getändel verwende; ich unterzeichne zu allen Sammlungen für milde Zwecke, das ist ein unerquickliches Geben, ohne Freude und Dank; ich arbeite in Nähvereinen für Arme und denke dabei: nun gewöhnt man die Leute, die wenigstens gesunde Hände haben, noch zur Faulheit, indem man für sie näht und flickt. Ich putze mich auch und gehe in Visiten und komme noch leerer und ausgeschöpfter heim, als ich hinging.

Du hast mich nicht in dieser Stimmung verlassen, liebes Lottchen; ach, vielleicht wäre ich nie darein gekommen, wenn Du immer bei mir wärest! Dank Deiner mahnenden Liebe und der Treue Gottes, der mir mein eigen Herz aufschloß, waren die letzten Jahre meiner Ehe glücklicher, als das erste, und ich freute mich fast, in der langen beschwerlichen Pflege meines kranken Gatten früher Versäumtes gut machen zu können. Wie wenig ich ihm auch von dem Glück gewährt habe, das er mit mir zu finden gehofft, er ist doch mit Dank und Segen auf seinen Lippen gestorben und, liebes Lottchen, Dir darf ich es wohl sagen, in den vier Jahren unsrer Ehe war es an seinem Krankenbett das erstemal, daß ich mich an meinem Platze fühlte.

Der Frieden seines Sterbebetts nach so langen Leiden, Deine wohlthuende Nähe, und später die Mühen und Geschäfte des Umzugs haben mich eine Zeitlang noch kräftig und aufrecht erhalten, jetzt sinke ich zusammen, und wie ein grauer Schatten legt sich das Gefühl eines nutzlosen unbefriedigten Daseins über meine Seele.

Wenn ich nach dem Ausgange des Prozesses freie Herrin meines Vermögens bin, so hoffe ich, die Mutter und meine ältern Geschwister reichlich unterstützen zu können. Aber, was ist das? wenn ich

sterben würde und ihnen mein Geld lassen, so wäre es eben so gut
für sie, oder noch besser.

Wenn Dein Präzeptor endlich nach jahrelangem Melden Pfarrer
geworden, und Du Deines mühsamen Dienstes enthoben bist, so
eile zu mir, Deine Gegenwart kann nirgends wohlthätiger sein, als
bei

Deiner
armen *Helene.*

*

April 1840.

Liebe Helene!

Der Vetter ist endlich Pfarrer und die Knaben werden entlassen.
Wir sind erstaunlich betrübt, daß wir von einander müssen; Rudolf,
mein Liebling, machte mir gestern den Vorschlag:»weißt was, Fräulein Lottchen? heirath Du einen Präzeptor, dann bleiben wir alle bei
Dir.« Ich werde im Vorgefühl des nahen Abschieds mit Geschenken
aller Art überhäuft, Rudolf will mir durchaus seine Ziehharmonika
aufdrängen: das werde so unterhaltend sein für mich, wenn ich
allein sei, Heinrich verehrt mir selbstilluminirte Bilder, zierlich aus-
geschnitten, Karl den Balg eines frühverstorbenen Eichhörnchens
und meint, das gäbe gewiß eine kleine Boa für mich; der wilde Fritz
hat mir mit großer Mühe ein Kettchen von ausgeschliffenen Kir-
schensteinen verfertigt; – ich bekomme ein ganzes kleines Raritä-
tenkabinet von den Andenken dieser und früher geschiedner Zöglinge. Ich will es wohl verwahren und freue mich schon darauf,
wenn später Einer oder der Andere seinen Weg in die Welt gemacht
hat, sein Andenken wieder hervorzusuchen und der alten Zeiten zu
denken, wo ich den Kopf gewaschen, der dann eine kleine Welt in
Bewegung setzt. Ich habe so meine eignen Vermuthungen über
jeden der kleinen Burschen, und es wird ungeheuer unterhaltend
sein, ihren Lebenswegen mit meinen Gedanken zu folgen.

Meine Zukunft liegt noch im Dunkel, doch ist mir nicht bange darum. Denkst Du an das Bildchen, das mir, zum Neid der Schule,
unsere alte Nähfrau schenkte, als wir ihren Unterricht verließen, um
uns in der Residenz weiter auszubilden? es ist darauf ein Vöglein

abgebildet mit einem zierlich gefalteten Briefchen im Schnabel und der Unterschrift:

Hier innen in dem Brieflein steht,
Wie es Dir, liebe Freundin, geht.

Wir waren damals höchst begierig, das Briefchen zu öffnen, es enthält nichts, als die Worte; ›wie Gott will.‹ Ein anderes Orakel für meine Zukunft habe ich bisher nie verlangt und nie bedurft.

Einen überraschenden Besuch erhielt ich in den letzten Tagen, als ich eben bei der prosaischen Arbeit der Kleiderreinigung war, die ich allwöchentlich einmal selbst vornehme. Ein großer, schöner Mann trat ein, bärtig und sonnenverbrannt; ich glaubte, er sei fehlgegangen, und erst als er rief:»Grüß Gott, Lottchen!« und mir lachend die Hand schüttelte, da erkannte ich mit einem lauten Freudenschrei Albert, meinen alten Freund und ersten Zögling, der von seinen Reisen zurückgekehrt, und vor allem mich aufgesucht hatte.

Ich mußte lachen und weinen vor Freude, ich ließ pflichtvergessen die vierundzwanzig Wämser nebst sonstigen Kleidungsstücken liegen, und setzte mich mit ihm in die Laube unsres Hausgärtchens und ließ mir erzählen von seinen Erlebnissen und seinen Reisen; geschrieben hatte mir der böse Junge gar selten. Aber ich konnte nur unbefangen mit ihm reden, wenn ich seine alte treuherzige Stimme hörte, ohne ihn anzusehen, denn wenn ich in dies schöne männliche Gesicht sah, konnte ich mich nimmer in die alte Zeit finden, und ich hätte mit dem König in Uhlands Ballade rufen mögen:

Wie bist Du so jung geblieben,
Und ich bin geworden so alt.

Wir brachen erst auf, als die Jungen von der Schule heimkamen und ihre neugierigen Köpfe hereinstreckten. Sie brachten mich bei Tisch eigentlich in Verlegenheit mit ihrem Kichern und Köpfezusammenstecken, als der schöne stattliche Albert neben mir saß.

Albert will sich nun ein Landgut kaufen und seinen Vater zu sich nehmen. Natürlich gehört zu solchen Planen vor allem eine junge

Frau; er hat mir darüber nichts anvertraut, und ich war schüchtern, ihn zu fragen, aber ich bin sehr begierig auf seine Wahl.

Da schreibe ich Dir wieder Seiten lang über mich und meine eignen Angelegenheiten, und wollte doch nur Dir ankündigen, daß ich Zu Dir kommen will, wenn erst unsre Pension aufgehoben ist.

Dann, liebe Helene, wollen wir vereint gegen den grauen Dämon kämpfen, der Dein Leben zu umnachten droht. Halt Dich tapfer und sinke nicht! sollen all die hohen und schönen Vorsätze unserer Jugend zusammensinken, wenn unsre ersten Träume nicht Wahrheit geworden?

Was Du thun sollst, um Dein Leben auszufüllen, das kann ich Dir so genau nicht sagen. Stell Dein Herz und Deine Hände nur recht ernstlich zu Gottes Verfügung, gib Acht, Du findest etwas zu thun, ohne weit zu suchen und ohne Unnöthiges hervorzusuchen, nur mußt Du es dann *thun*, auch wenn Dir's nicht angenehm wäre. Du lebst zum Beispiel mit einer Magd unter Einem Dache, oder mit zweien, kennst Du auch nur sie und ihre Verhältnisse, zeigst Du ihnen wirklich herzliche Theilnahme an ihrem Ergehen. Sorge für ihre Weiterbildung, natürlich in ihrer Sphäre! weißt Du, daß der unbewußte Einfluß, den Du auf Deine Umgebung übst, ein unberechenbarer ist, daß Du ihnen zum Segen oder Unsegen werden kannst, je nachdem sich eine klare, fromme, geläuterte Seele, oder ein launiges, verstimmtes Wesen in Deinem ganzen Sein und Thun abspiegelt?

Ich muthe Dir gewiß nicht zu, daß Du, müde und gebrochen, wie Du Dich jetzt fühlst, auf innere Mission hinausziehen solltest; übe zuvor die innerste, nimm Dein eigen Herz in die Schule, weich keiner Pflicht aus, die Dir im Wege liegt, auch wenn sie aussieht wie eine Last; gib Acht, die innere Mission gibt sich mit der Zeit von selbst. Und wenn es vielleicht gerade in der Stille eines wenig bewegten Lebens ist, daß Dir Gott noch ein Wörtchen besonders zu sagen hat, liebes Herz, so hör' aufmerksam zu, Lust und Kraft zum Wirken wird kommen, und ein Feld dazu auch, denk nur an mich!

Schon wieder die Jungfer Weisheit! ach, und sie hat so nöthig, sich selbst zu predigen. Wenn Du meinst, daß ich mit so ganz unversiegter Frische und Lust meinem Tagewerk nachgehe, so irrst Du; glaub' mir, es kommen auch Zeiten, wo ich meine, ein Recht zu haben, nach dem vollen Baum des Lebens zu greifen; und Muth und Kraft und Ergebung müssen erbeten sein; aber sie lassen sich erbitten.

Unser kleiner Konrad, der ausgelassenste Bursche, trieb's neulich gar zu bunt, ich machte ihm rührende Vorstellungen: »Siehst Du nicht, wie der Karl so artig ist und uns so viel Freude macht?« – »Ja, das glaub' ich, das ist keine Kunst, wenn ich so brav wär', wie der Karl, da wollt' ich auch gehorsam und fleißig sein,« heulte er. Nichts für ungut, Helenchen, aber Du kommst mir fast vor wie der Konrad, wenn Du immer wiederholst: »Ja, wenn ich Deine Natur hätte, so wollt' ich wohl glücklich und zufrieden sein!« Liebes Herz, ich muß auch steigen und klimmen, wenn ich an's Ziel kommen will, aber ich zähle nicht die Steine unterwegs. Gott helfe uns Allen!

*

B ... heim, Juni 1840.

Liebes Lottchen!

Gott wird uns helfen, deß bin ich jetzt getroster Zuversicht. Ich *will* nicht verdrossen am Wege liegen bleiben, nicht klagen über die Irrthümer und Mißgriffe der Vergangenheit, nicht fragen: wo ist mein Antheil an Freude und Lebensglück? ich will auf die Augen des Vaters sehen und gehen, wohin sie mich leiten, und ich bin gewiß, das Ziel wird ein seliges sein.

Du staunst über dieser Aenderung, Du mißtraust ihr wohl und hältst sie für ein Aufflackern, wie es schon manchmal war und – wieder erlosch. Ich mißtraue mir auch, Liebste, aber ich traue auf den, der größer ist als unser Herz.

Aber wer hat diese Aenderung bewirkt? – Du hast viel an mir gethan und bist nicht müde an mir geworden, ich danke Deiner Treue viel; aber Gott hat noch mit einer andern Stimme an mein Herz gesprochen.

Vergangenen Sonntag lag das Leben schwerer auf mir als je. Meine Magd, in der ich wirklich eine gutmüthige Person erkannt, rieth mir, auch einmal in der Früh einen Spaziergang zu machen, »wenn's so schön grün ist draußen, und alles im Blust, und die Nachtigallen schreien zusammen, das ist's so söllig schön,« meinte sie. Ich ging nach einer Seite hin, die mir noch wenig bekannt war, nach einem kleinen Dorf, das gar freundlich in Obstbäumen gebettet liegt. Ich bin seit Jahren nicht mehr dazu gekommen, früh aufzustehen, so oft ich mir auch Dich als lobenswerthes Beispiel vorstellte. Die frische klare Morgenluft, der Sonntagshauch auf der ganzen Gegend, die Vöglein, die an dem ersten sonnigen Frühlingstag sich lustig hören ließen, – alles that mir unbeschreiblich wohl, und von all meinem Klagen und Fragen blieb mir nur die heiße Sehnsucht, als reiner Ton in den wunderbaren Einklang der reinen Schöpfung miteinstimmen zu können.

Ich setzte mich an einer schattigen Stelle, an dem Bächlein, das durch das liebliche Thal rauscht, und vergaß Ort und Zeit, bis ich Glocken zur Kirche läuten hörte; von allen Seiten her zogen die Landleute zu dem mehr als bescheidnen Kirchlein, ich folgte ihrem Zuge und setzte mich, etwas angestaunt von der Umgebung, auf eine Bank im Hintergrund.

Die Stimme, die ich von der Kanzel hörte, sprach mich wunderbar bekannt an, konnte das Sturm sein, der einst so ungelenke, verschmähte Sturm? aber wie würde der denn gerade hieher verschlagen worden sein? Bei dem Dämmerlicht, das in dem trüben Kirchlein herrschte, konnte ich die Züge des Predigers nicht so ganz unterscheiden. Bald aber vergaß ich Stimme und Züge über dem Inhalt der Predigt, deren einfache schlichte Worte, auf das Verständniß von Kindern berechnet, – es war Konfirmation – so tief in's Herz drangen.

Er sprach über die Worte: sei getreu bis in den Tod, so will ich dir die Krone des Lebens geben. Ich kann Dir des Geistlichen Worte nicht wieder geben, aber sie haben einen Funken in meiner Seele angezündet, der, so Gott hilft, nicht wieder erlöschen soll. Habe ich denn bis jetzt bedacht, auch nur geahnt, *was* die Treue des Herzens gegen Gott ist, und wie ganz anders sich das Leben mit all seinen Wechselfällen gestalten muß für das Kind, das die Vaterhand festhält, als für das, das vermessen seinen Antheil an Glück fordert, um damit zu schalten nach eignem Gutdünken?

Der Weihegesang der Kinder, mit dem sie sich dem Herrn ergeben, ach, den auch wir einst angestimmt! – die Einsegnung, Alles bewegte mich auf's Tiefste. Nun der Geistliche im Kreis der Kinder stand, erkannte ich ihn deutlich, – es war wirklich Sturm. Aber meine Seele hatte nicht Raum für Gedanken an meine irdische Vergangenheit, ich eilte, in der Stille heimzukommen, – die ganze Welt war anders,

> Es fallen alle Sorgen hin,
> Zur Lust wird jede Pein,
> Es wird erfreuet Herz und Sinn,
> Dein Gott ist wieder dein.

Ich erhielt Deine lieben Worte am Tage nach jenem Sonntag, wie freue ich mich, bis Du kommst! o Du bist mir noch sehr nöthig, das Hinabsteigen von dem Berg der Verklärung in's Thal des Alltaglebens ist oft schwer.

Die nächsten Tage verlebte ich noch im Nachklang der tiefen, gewaltigen Bewegung, die mein Herz umgewandelt hat. Wohl ist der Hauch des Gottesgeistes in uns dem geheimnißvollen Wehen des Windes zu vergleichen, – er läßt sich fühlen, aber nicht beschreiben.

Das unerwartete Wiedersehn eines so treuen, unvergeßnen Freundes bewegte mich auch; ich hätte so gern gewußt, wie er denn hieher kam, aber ich scheute mich, Andre nach ihm zu fragen, und scheute mich noch mehr, selbst eine Annäherung zu suchen.

Ich wäre gern, so gern wieder in die kleine Dorfkirche gegangen, aber ich wagte es auch nimmer. Einmal ging ich doch Abends wieder in der Richtung des Dörfchens, ich kam in Gedanken weiter als ich beabsichtigt; da hörte ich plötzlich den überraschten Ausruf: »Helene!« und mit einer Freude, die ich kaum für möglich gehalten, sah ich die wohlbekannte Gestalt wieder, die ich in so ganz andrer Umgebung verlassen hatte.

Aber ich fühlte mich etwas scheu und befangen, nicht in der Erinnerung an seine Bitte und mein Verweigern, – ach, das scheint mir in unermeßlicher Ferne zurückzuliegen, nein, im Gedanken an die in ihrer Einfalt so gewaltige Predigt, die meine tiefste Seele erfaßt, – der schlichte Mann, über dessen ungewandtes und, wie ich dachte, prosaisches Wesen ich mich im Uebermuth der Jugend so weit erhaben gedacht hatte, stand nun so hoch über mir, – ein Bote des Herrn.

Er selbst war unbefangen und herzlich erfreut über das Wiedersehen. »Aber wie kommen Sie hieher?« fragte ich endlich. »Aber wie kommen *Sie* hieher?« gab er mir zurück. Ich erfuhr nun, daß sein Vater Pfarrer in dem Dörfchen hier gewesen; nach dessen Tode hatte ihn die Gemeinde zu sich berufen, und er gestand mir, daß er sich hier doch unendlich wohler fühle, als im gräflichen Patronat.

Er hat mich indeß schon einigemal besucht, er benimmt sich herzlich, fast väterlich möcht' ich sagen, als alter Freund, ohne den leisesten Anklang, daß er einst mehr sein wollte. Sein ganzes Wesen hat sich wunderbar gehoben seit jener Zeit an Klarheit und Sicherheit; ich glaubte, es sei das Gefühl größerer Unabhängigkeit, er aber sagte mir mit ernstem Lächeln auf eine Bemerkung darüber: »ich habe nun den Grund gefunden.«

Ich erkenne nun wohl, daß es ein Edelstein war, den ich verschmäht, aber ich kann nicht beklagen, wie ich gehandelt. Welch ein Weib wäre ich ihm damals geworden! Und Gott will mich lehren, den Himmelsweg zu suchen, auch ohne eine theure Hand, die mich stützt und führt.

Daß der Freiherr in glücklicher Ehe lebt mit einer schönen Frau und sich blühender Kinder freut, hat mir Sturm etwas leise und schüchtern berichtet. Komm gewiß bald, liebes Lottchen, du sollst mir helfen und rathen, wie ich nun meine anvertrauten Pfunde oder Pfündlein zu Nutze mache. Ich bin schüchtern, Sturm, der wirklich der beste Rathgeber wäre, zum Vertrauten meines innern Lebens zu machen, ich fürchte es zu verlieren, wenn es nur auf die Lippe tritt.

Und dann, – wir stehen zwar auf dem unbefangensten Fuße ruhiger Freundschaft, aber einem unverheiratheten Manne gegenüber fühlt sich eine einzelne Frau doch immer etwas befangen.

Mein Prozeß muß sich nun endlich entscheiden, dann haben wir reiche Mittel in Händen zum Wirken und Schaffen.

O, das Leben soll noch schön werden! wenn es auch still bleibt und einsam.

Komm bald, Liebe, recht bald zu

Deiner
Helene.

*

Liebe Helene!

Unsere Haushaltung ist abgebrochen, ich habe den Knaben, einem um den andern, seinen Koffer gepackt, in sein Stammbuch geschrieben, wenn er eins besaß, und Abschied von ihm genommen. Ich bin so reich an Einladungen der Mama's unsrer Zöglinge, daß ich Jahre lang, wie man zu sagen pflegt,der lateinischen Zehrung nach in Pfarrhäusern, Amthäusern und Forsthäusern umherziehen könnte und von Dankbarkeit leben. Ich weiß freilich, daß das bald vergessen sein wird, aber es thut doch wohl.

Vetter Zweiglers habe ich auf die Pfarre begleitet und bei der Einrichtung geholfen, die gute Frau lebt ganz auf in der Stille des Landlebens, obgleich ihre sieben eignen laut genug sind.

So ist nun wieder ein Kapitel meines Lebens abgeschlossen. Ich nehme viel Liebe mit mir, wenn auch gerade keine ewige, und der Verkehr mit den frischen Jungen hat mein eignes Herz aufgefrischt. Und einen reichen Schatz klassischer Weisheit trage ich mit fort. Den Kärcher und die Konjugationen im kleinen Bröder habe ich so oft überhört, daß ich selbst ganz ferm darin bin, mit dem Cicero stehe ich ganz intim, der Livius und Kornelius Nepos sind mir so bekannt wie Müller und Maier, sogar im kleinen Buttmann habe ich, obwohl ziemlich erfolglose Studien gemacht; – ob noch eine Zeit kommt, wo diese klassische Aussaat Früchte trägt, bin ich recht begierig.

Nun gedachte ich zu Dir zu kommen, liebe Helene, mich mit Dir Deines neuen Lebens zu freuen, auch bildete ich mir selbst ein, ich bedürfe einer Erholung, aber es scheint, daß dem nicht so ist.

Zwei Stunden von Zweiglers neuem Wohnort lebt eine Pfarrerfamilie, die ihm schon lange befreundet ist, und die auch ich von einem frühern Zögling her kenne. Der arme Mann war heute in tiefster Bedrängniß hier und klagte dem Vetter sein Leid.

Ein nervöses Schleimfieber ist in seinem Hause ausgebrochen, die Frau und vier Kinder liegen schwer krank darnieder, die Magd ist an der Krankheit gestorben, nun wird das Haus gemieden, und außer einem alten Weib, die ab und zugeht, hat der Pfarrer keinen Beistand. Ich war da natürlich gleich entschlossen, den armen Leuten zu Hilfe zu kommen, obwohl der Mann, der nichts von meiner Anwesenheit wußte, nicht an mich gedacht und nur dem Amtsbruder sein Herz hatte ausschütten wollen. Ich bin freie Herrin meiner Zeit, gesund und kräftig, in Krankenpflege erfahren, ich habe vor keiner Krankheit die mindeste Scheu, und wenn es in Gottes Willen läge, daß ich das Opfer der Krankheit würde, – so wäre die Lücke in der Welt nicht groß, und kein gebrochenes Herz dürfte am Grabe weinen.

So gehe ich denn morgen nach Wilthal ab und spare mir die Freude, zu Dir zu kommen, auf später auf. Gott wird mit mir sein.

Dein letzter Brief hat mich innig glücklich gemacht. Wie kümmern wir uns oft so unnöthig ab um unsre Lieben, während der Herr seine eignen Wege zu ihrem Herzen findet! Es ist eine zarte Pflanze um solch ein neues Geistesleben, und ich glaube, wir thun am Besten, es als heiliges Geheimniß zwischen dem Herrn und unsrem Herzen zu halten; ist die Wurzel erstarkt in der Stille und Tiefe, so dringt sie selbst zum Licht, und es gilt wohl auch im höchsten und heiligsten Sinn das Dichterwort:

> Wenn die Rose selbst sich schmückt,
> Schmückt sie auch den Garten.

Du hast deßhalb gewiß recht gethan, Dich Sturm nicht zu eröffnen. Eine treue starke Freundeshand auf dem Pfade aufwärts ist gewiß viel werth, aber die Gefahr ist groß, sich zuviel auf die menschliche Stütze zu lehnen. Die Verehrung für reichbegabte Prediger, die so Manche edle Frauenseele dem Lichte zugezogen, ist auch für Manche schon zur Schlinge geworden und hat zu einer Art von geistlicher Koketterie geführt, die ich für das Gefährlichste halte, weil hier der böse Feind die Gestalt eines Lichtengels annimmt.

Liebe Helene, ich habe noch etwas auf dem Herzen, von dem ich nicht gewiß bin, ob es nicht mein Geheimniß bleiben sollte. Wenn ich aber so recht bedenke, wie wir von jeher *alles* getheilt, so fühle ich, daß ich es Dir nicht verschweigen kann, ohne einen leisen Schatten zwischen uns zu werfen.

Ich lege Dir hier zwei Briefe bei, einen von Albert, den ich vor einigen Tagen erhielt, und meine Antwort darauf: den ersten Brief meines Lebens, zu dem ich ein Konzept gemacht habe.

*

Liebes Lottchen!

Seit drei Tagen bin ich Besitzer des Guts Berghofen: ein ganz freundlicher Sitz, das Wohnhaus gleicht mehr einem Bauernhaus als einer Villa, ist aber bequem und hell, die grünen Bäume schauen zu allen Fenstern herein, schöne Aecker, prächtige Wiesen, ein Stück Wald, Ochsen und Kühe, Schafe und Böcke, Hühner und Gänse, – es ist mir noch wie ein Traum, daß ich der Besitzer von dem Allem sein soll.

Nichts fehlt mir, als eine gute Frau Landwirthin; liebes Lottchen, wolltest Du die nicht sein? Du bist immer so viel besser und klüger gewesen als ich, ich habe neben aller Liebe so großen Respekt vor Dir, daß ich nur schüchtern meine Bitte vorbringe, aber, liebes Lottchen, wir würden gewiß glücklich sein zusammen.

Du hast immer so viel Freude am Landleben, so viel Lust zu landwirthschaftlichem Schalten und Walten gehabt, ich meine, es *müsse* Dir hier gefallen, und unter Deiner Hand würde Alles erst recht gedeihen. Du bist so lange ohne Heimath gewesen und hast doch auch unter Fremde stets ein treues, heimisches Herz getragen, da möchte denn ich Dir eine freundliche Heimath bereiten, wo Du gewiß recht aufleben solltest in Friede und Freude.

Ich weiß wohl, was Du mir einwerfen wirst. Du bist etwas älter als ich, ein Jahr etwa, vielleicht auch zwei oder mehr. Aber Du bist ja so frisch und heiter, Du kannst gar nicht alt werden; ich habe junge, siebenzehnjährige Mädchen gesehen, die erlegen wären unter Lasten, wo Dir erst der Muth und die Frische wuchs; das ist wohl die rechte Jugend.

Du sagst auch, Du seiest nicht schön, – ich weiß nicht wie Du andern vorkommst, aber ich habe noch in kein Gesicht lieber gesehen als in das Deine; in all dem Trubel und der Verstöruug meines Elternhauses, an dem langen Krankenlager der Mutter, bei dem hilflosen Alter des Vaters, sind mir Deine guten Augen so oft als ein trostreiches Licht aufgegangen, daß ich nicht zu wissen brauche, ob sie himmelblau sind oder nur grau, ob schwarze Sonnen oder Veilchen im Thau, wie die Dichter singen; ich meine, sie werden mir lieb bleiben mein Lebenlang. Du bist keine schlanke Palme, wie Deine schöne Freundin Helene, aber ich meine, die kleinen Frauen sind eigentlich hübscher und erhalten sich jünger, und Du bist im schlichtesten Hauskleid immer so rein, so zierlich und niedlich, ich glaube nicht, daß mir die schönste und eleganteste Dame je so wohl gefallen könnte.

Ich biete Dir meine Hand, nicht mit der glühenden Leidenschaft, wie ich wohl die Liebe schildern hörte, aber mit dem festen Vertrauen, daß Du mich glücklich machen wirst, mit dem herzlichen Wunsch, Dir das Leben lieb und schön zu machen, und ich denke, eine solche Liebe soll länger halten, als die leidenschaftliche, die wohl nur in der Poesie lebt, wenigstens *fortlebt.*

Du hältst mich vielleicht noch für zu jung und unerfahren; aber siehst Du, ich habe doch schon ein Stückchen Welt und Leben kennen gelernt. Als ich mir noch ein Knabe vorkam neben Dir, und Dir zuerst nahe kam im Elternhaus, als ich Deine Treue und Liebe, Deine unermüdete Geduld, Deine Sanftmuth und Freundlichkeit sah, – lach mich nicht aus, liebes Lottchen, damals schon dacht' ich im Stillen, Du müßtest meine Frau werden; also ist meine Liebe keine zu junge, sondern eine alte.

Ich habe seither daheim und in der Fremde andre Mädchen gesehen, junge, schöne, glänzende und geputzte, aber keine war so lieb und gut wie Du, bei Keiner war mir's in innerster Seele so wohl und behaglich zu Muthe; Du darfst deshalb nicht fürchten, meine Wahl sei eine ungeprüfte.

Liebes Lottchen, sage nicht nein! Du wirst eine so treue Tochter sein für den alten Vater, wie eine gute liebe Hausfrau für mich. Wir werden ein frohes und friedliches Leben führen.

Nicht wahr, ich darf mich ganz von Herzen nennen

Deinen Albert.

*

Lieber Albert.

Dein Brief hat mir wohl und weh gethan, herzlich wohl durch den Ausdruck einer Liebe und eines Vertrauens, das mir zufällt wie ein unverdienter und ungeahnter Schatz, weh, weil ich dies Vertrauen nicht erwidern kann, wie Du es wünschest.

Alle diese Liebe und dies Vertrauen in Dir möcht' ich aufrufen, wenn ich Dich bitte, mir zu glauben, daß ich meinen Entschluß ohne alle Rücksicht auf mich und meine Wünsche vor Gott in tiefem Ernst erwogen, und daß ich es als seinen heiligen Willen erkannt, daß ich Dir in schwesterlicher Treue zugethan bleibe, ohne daß wir ein näheres Band schließen.

Ich bin drei volle Jahre älter als Du, lieber Albert, das ist ein Mißverhältnis für die Ehe, oder würde es werden. Es mag Ausnahmen geben, die auch einen solchen Bund noch glücklich machen, ich aber fühle, daß ich nicht die innere Jugend habe, die diese Kluft ausgleichen könnte.

Ich zweifle nicht, daß eine ruhige Liebe, wie Du sie mir bietest, zu einem heitern friedevollen Zusammenleben führen könnte, wenn es eine *Abendruhe* wäre. So aber ist es bei Dir die Stille vor Sonnenaufgang. Du kennst Dein eigen Herz noch nicht, lieber Albert, nicht die wunderbare Fülle von Lust und Leid, die Gott in ein Menschenherz und Leben gelegt hat. Weh mir und Dir, wenn Dein Herz erwachte und Du fühltest Dich an mich gebunden. Es muß etwas Entsetzliches sein um den Kampf der Pflicht mit dem Herzen, wenn dieses nur sein heiliges Recht fordert. Davor bewahre Dich Gott, und ferne sei, daß Du durch mich in solchen Jammer kommst.

Du hast schon viele Mädchen gesehen, schreibst Du. Die Rechte, lieber Albert, scheint es, sahst Du noch nicht. Du kennst noch nicht den Zauber eines frischen, jungen Herzens, das sich schüchtern an Dich schmiegt und in dem Dir eine neue Welt voll ungeahnter Seligkeit aufgeht. Nicht Jedem freilich ist es bestimmt, in seiner Jugendliebe auch seines Lebens Glück zu finden. Ob Dir dies Loos beschieden, weiß ich nicht, aber durch mich wenigstens sollst Du nicht darum betrogen werden. Du willst mir, der Heimathlosen, eine liebe, freundliche Heimath bieten. Gott segne Dich dafür und mache Dir Dein Haus einst schön und freudenvoll. Glaube, daß die Erinnerung an Deine Liebe auch in meine Zukunft einen Lichtschein werfen wird. Sorge nicht um mich, ich habe mich noch nie heimathlos fühlen dürfen. Sei gewiß, daß ich in jeder Lebenslage, wo ich der Stütze und Hilfe eines Bruders bedarf, mit vollem Vertrauen auf die Deine zählen werde, und denke auch, daß Du immer und überall, wo Dir die Theilnahme und der Beistand einer treuen Schwester noth thut, das erste und vollste Anrecht an mich hast.

Lieber Albert, nimm meine Erklärung nicht mit Bitterkeit auf, laß mir das Bewußtsein, daß wir dadurch nicht getrennt, sondern in herzlicher Bruder- und Schwesterliebe verbunden werden, und gönne mir Dein Vertrauen, wenn einmal ein schönres Glück, als ich Dir hätte gewähren können, Dir erblüht.

In treuer schwesterlicher Liebe

    Deine
    Lotte.

*

Ich weiß nicht, liebe Helene, ob Du meinen Entschluß billigst; er ist das Ergebniß eines heißen, schweren Kampfes.

Aber ich kenne Alberts Herz besser als er selbst, ich weiß, daß es einer Liebe fähig ist, von der er jetzt noch keine Ahnung hat. Gott behüte mich vor der Qual der Reue, wenn sein Herz zu spät erwachte.

Vielleicht, ach vielleicht hätte ich's doch gewagt, auf diese ruhige Liebe, auf diese kindliche Freude hin, mit der er mir Herz und Haus bietet wie ein hübsches Weihnachtsgeschenk, wenn – ich selbst nicht eine andre, eine heißere Liebe zu ihm fühlte.

Das war mein Geheimniß bis jetzt, liebe Helene; das Du wohl schwerlich geahnt, das ich mir selbst kaum gestanden habe, das mir erst recht klar geworden ist, als ich ihn wiedersah in der Fülle männlicher Kraft und Schöne.

Die Ungleichheit der Gefühle ist eine größere als die der Jahre, und wo die Kluft der Jahre hinzu kommt, wird sie unlösbar. Ich fühle, mehr als ich Dir sagen kann, wie es unser Glück und unsern

Frieden gefährden könnte, wenn ich, die ich ihm bis jetzt mein kindisches Herz unter einer Gouvernantenmiene verborgen, ihm zur Seite wäre mit einer Liebe, die er nicht versteht und nie erwidern könnte.

Nun habe ich mein Herz und die Welt überwunden und kann mit Freude sehen, wenn mein Opfer kein vergebliches ist, wenn er in einem jungen Herzen das Glück findet, das er noch nicht kennt: aber mit welcher Seelenqual hätte ich als sein Weib seine Blicke bewachen müssen, in der Furcht, daß er, nicht untreu, aber unglücklich würde.

Ich habe Gott herzlich gebeten, mir seinen Willen klar zu machen und habe nach bestem Wissen gethan; habe ich geirrt, so möge nur der Irrthum keinem Herzen weh thun als meinem eignen.

Ich bin sehr müde, seelenmüde, es wird gut sein, daß ich in eine Thätigkeit komme, die mir nicht viel Zeit zu eignen Gedanken läßt, ich habe mich müde gedacht in den letzten Tagen.

Behüt Dich Gott, liebe Helene! möge für Dich die Zeit der Kämpfe vorüber sein.

*

B ... heim, Dezember 1840.

Liebes Lottchen!

So eben geht der Advokat von mir, der mir ankündigt, daß mein Prozeß – verloren sei. Einige Formfehler im Testament sind nachgewiesen worden und der Ehekontrakt, den Milber mit seiner ersten Gattin gemacht, ist wieder in Geltung. Einen Jahrgehalt, den mir die Gnade der Verwandten ausgesetzt, habe ich ein für allemal abgewiesen und ich will das nicht bereuen, selbst wenn ich betteln müßte.

Was mir gesetzlich bleibt, ist äußerst wenig, da der größte Theil von Milbers Vermögen von der ersten Frau stammte.

So ist's, und ich hätte nie geglaubt, daß ein zeitlicher Verlust mich so erschüttern könnte. Jetzt erst verstehe ich, was das Wort Prüfung bedeutet: diese hat mir viel geoffenbart, was ich selbst nicht gewußt.

Ich glaubte vor Gott behaupten zu können, daß kein eigennütziger Grund mich zur Wahl meines Gatten geführt; jetzt ist mir klar, daß ich ihn doch nicht gewählt hätte, wenn die Heimath, die er mir geboten, eine Heimath der Arbeit und Entbehrung gewesen wäre. Es ist freilich nicht Freude am Besitz, was mir den Verlust schwer macht; ich habe mein Leben lang das schnöde Geld so großartig verachtet, als irgend ein stolzes Herz, – aber entbehren, herabsteigen, wieder dienen, wo man befehlen gelernt, – o, ich habe einen tiefen, einen unerquicklichen Blick in mein eigen Herz gethan, aber ich habe Gottes Hand verstehen lernen und ich weiß, daß ich sie noch preisen werde für diese Führung.

Sturm war bei mir, kurz nachdem ich die Botschaft erhalten, ich weiß nicht, ob er es schon gewußt. Der Eindruck war bei mir noch zu neu, als daß ich ihn hätte verbergen können, selbst wenn ich es gewollt. Was er sagte, hat mir innig wohl gethan, doch erstaunte ich über die versteckte Freude in seinen Zügen, die er kaum verhehlen konnte. Ich hoffe freilich, daß mir mit Gottes Hülfe auch dieser Verlust zum Segen werden soll, aber das scheint mir doch fanatisch, ein Mißgeschick, das uns als solches zugeschickt wurde, wie eine Freude aufzunehmen, treffe es nun uns oder unsere Freunde.

*

Zwei Tage später.

Da kommt Dein Brief. Aber liebes, liebes Lottchen, warum hast Du Dir selbst so weh gethan, wenn Du den Albert wirklich liebst? ist das nicht Fanatismus der Selbstverläugnung? Ich meine, ich müßte dem Albert schreiben, es sei mit dem Nein nicht so schlimm gemeint, er soll nur noch einen Sturm auf Dich versuchen. Doch nein, so keck will ich mich nicht einmischen in fremdes Geschick, aber bedenke Du selbst es noch einmal.

Und noch ein Brief kam mit dem Deinen. Ach, Kind, ich schäme mich meines Glücks im Augenblick, wo Du mit starkem Herzen Dir selbst Deinen Himmel auf Erden verschlossen. – Der Brief ist von Sturm und er bietet mir zum zweitenmal sein Herz an, ein Herz so treu, so stark, so rein, wie ich es nie geahnt. Er bietet mir seine bescheidne Heimath, ein Leben in Arbeit und Wirken, er fragt mich, ob wir gemeinsam unsern Pfad zum Himmel suchen wollen?

O Liebste, ich weiß nicht, ob das Gefühl, mit dem ich Ja sagte, mit dem ich ihn heute erwarte, die Liebe ist, wie sie Dichter schildern und Mädchenherzen träumen, die Liebe, mit der ich einst an einer idealen, ritterlichen Gestalt hing; aber ich weiß, daß es Friede in meinem Herzen ist, als ob ein ewiger Sonntag angebrochen wäre.

Womit ich die Treue verdient, mit der er mich auf dem Herzen getragen, mich, die Unwürdige, das weiß ich nicht; vielleicht hätte er noch lange, vielleicht für immer geschwiegen, wenn nicht mein Verlust gekommen wäre, dieser glückselige Verlust!

Ich komme fast arm in sein Haus; das Landgut, auf dem mein kleiner Vermögensantheil ruht, ist mit großem Schaden verkauft worden, aber es kümmert mich nicht, er soll mich lehren arbeiten und entbehren und reich sein mit Wenigem. Gute Nacht Selbstständigkeit und Unabhängigkeit! Ein ganzes Leben voll Demuth und Hingebung ist nicht genug, um eines solchen Herzens würdig zu werden!

Lottchen, mein liebes Lottchen, ich bitte Dich, laß Dich auch glücklich machen!

Deine glückliche
Helene.

*

Lottchen an Helene.

Pfarrhaus zu Willingen, Mai 1841.

Eine lange Pause in meinen Briefen, liebste Helene, ich habe Dir nur so flüchtig meine Herzensfreude über Dein Glück ausdrücken können, das ich, Gott weiß es, empfunden wie ein eignes.

Ein schwerer, leidensvoller Winter liegt hinter uns. Du hast mich in diesen trüben Tagen oft erquickt mit lieben Worten aus der Fülle Deines Glückes; die Probe für weibliche Freundschaft ist nicht das Unglück, wohl aber das Glück, – die unsre hat sie bestanden.

Mit dem schönen Frühling zieht auch die Ruhe bei uns ein, eine wehmüthige freilich, aber doch eine unendlich wohlthuende.

Zwei unserer lieben Kinder haben wir zu Grabe getragen. Es ist ein tiefes Weh, aber ein friedevolles an einem Kindergrab. Die zwei ältern habe ich zu den Großeltern geleitet, die eine schöne, gesunde Schwarzwaldgegend bewohnen. Unser Kleinstes ist von der Krankheit unberührt geblieben und blüht wie ein Röslein; mit ihm wird die Pfarrerin, wenn sie genug erstarkt ist, zu völliger Genesung zu ihren Eltern gehen, und dann Liebste, wenn Du mit Deiner Hochzeit noch so lange warten kannst und eine so verblühte Brautjungfer nicht verschmähst, dann will ich zu Dir eilen und mich sonnen an Deinem Glück und mir Antwort holen auf die vielen Fragen, die mir noch geblieben sind.

Ich freue mich unbeschreiblich, den gewaltigen Sturm kennen zu lernen, der für Dich zum sanften, stillen Säuseln geworden.

Der Frieden und die Stille im Hause hier thut meinem müden Herzen unbeschreiblich wohl.

Die genesene Mutter sitzt matt im Lehnstuhl am Fenster, die gefalteten Hände ineinander gelegt, und blickt hinunter auf die Gräber ihrer Lieblinge, der Pfarrer schreitet an diesen Gräbern vorüber, so oft er zur Kirche geht; wenn er zurückkommt, so beugt er sich über die Frau und bietet ihr ein Blatt, ein Blümchen von den Hügeln, und sie schaut ihm in die Augen mit einem leuchtenden Blicke, der sagt: der Herr hat's gegeben, der Herr hat's genommen. Mir begegnen sie mit einem Dank und einer Liebe, die mich tief beschämen, und wir Alle denken mit Wehmuth einer Trennung.

Ich habe die genesenden Kinder zu der Großmutter geführt. Es war eine schöne Reise bei dem herrlichen Frühlingswetter. Unterwegs machten wir Mittag in einem gar schön gelegenen Gasthaus im Walde. Es war eben ein fröhliches Leben da: einige Familien der Nachbarschaft feierten ein Fest, die Ankunft eines neuen Försters, wenn mir recht ist. Ich machte mit den Kindern einen Gang in den Wald, da keine Wahrscheinlichkeit war, bald das Mittagessen zu bekommen.

Unter einer Eiche im Grünen saß ein schönes junges Mädchen, beschäftigt einen Kranz von Waldblumen zu winden; die reichen, dunklen Locken zurückgeschüttelt, hob sie das taghelle, blühende Gesicht strahlend von Jugend und Lebenslust zu einem jungen Mann empor, der ihr einen reichen Vorrath neuer Blumen brachte. Der junge Mann war – Albert; ich hatte nicht gewußt, daß sein neues Gut hier in der Nähe dieser Gegend liegt. Ich sah seinen Blick, der dem ihrigen begegnete und – ich weiß nun, daß mein Opfer kein vergebliches war. Gott mache sie glücklich!

Ich zog mich in der Stille mit den Kindern zum Hause zurück. Von der Wirthin erfuhr ich, daß das Fräulein die Tochter eines adeligen Rentbeamten der Gegend ist;»eine hörig schöne Jungfer und so gar brav,« versicherte sie. Der Adel wird hier keine Schranke bilden; Gott segne sie Beide.

Ich hoffe später auf Alberts brüderliches Vertrauen; jetzt hielt ich für besser, mich ihm nicht zu zeigen, und kam auch unbemerkt mit den Kindern fort; es war ein so fröhliches Getümmel im Saale unten, daß uns Niemand hörte. Was nun weiter mit mir wird? Pläne genug, liebe Helene. Der Arzt aus der Residenz, der noch zu unsern Kranken berufen worden, ein sehr vortrefflicher Mann, der äußerst gütig gegen mich war, will eine Heilanstalt für kranke Kinder begründen, wobei seine Gattin, die man sehr rühmt, ihm treu dabei zur Seite stehen will, und er bat mich, als seine Gehülfin einzutreten. Das wäre so ganz nach meinem Sinne, und wenn mir nicht ein anderer klarer Wink wird, so gedenke ich diesem zu folgen.

Zuvor aber will ich mich freuen mit den Fröhlichen und eine ruhige gute Zeit mit Dir genießen.

Ich weiß, ich fühle es in Deiner Seele, liebe Helene, daß Du, glücklich wie Du bist, auch mich so sehen möchtest, ich weiß, daß Du Dich bekümmerst um mein Loos. Thue es nicht, meine Liebe: Gott weiß, daß bis in mein tiefstes Herz kein Gefühl ist, als Dank und Frieden.

Es kam mir in diesen Tagen in einer Sammlung englischer Poesien, dem Geschenk unsers alten Lehrers, ein Gedicht in die Hand. Laß es die Antwort sein auf Deine Sorgen um mich.

Herr, was soll aber Dieser?
Joh. 21, 21. 22.

Was soll aber Dieser, Herr?
Willst Du für den Bruder fragen?
Ist er Gottes Eigenthum,
Laß den Herrn Dir Antwort sagen.

Sorge nimmer Du um dessen Pfad,
Den Er an sein Herz gezogen hat.

Frage nicht: was wird sein Loos?
Laß es in des Heilands Brust,
Ob er früh ihn heimwärts ruft
Zu des Himmels Ruh und Lust,
Ob er soll in Waffenrüstung stehn.
Um die Zukunft seines Herrn zu sehn.

Ob allein mit seinem Gott
Er den Pfad zum Himmel schreite,
Ob der Liebe süßes Licht
Treu und hilfreich ihn geleite,
Ueberlaß es Du den mächt'gen Händen,
Die da Herzen wie die Ströme wenden.

Wo ein Hauch vom Himmel weht,
Kann des Bergbachs einsam Rauschen
Flüstern mit so süßem Klang,
Als wo Wellen Grüße tauschen;
Wer da wandelt in der Gnade Schein,
Mag wohl einsam sein, – doch nie allein.

Ob er reich sei oder arm,
Ob er Diener, ob er frei,
Kümmre das nicht Dich und ihn.
Bleibt er nur dem Herrn getreu.
Wer zuletzt den sichern Strand gewonnen,
Zählt nicht, wie viel Wellen er entronnen.

Möge das Dein Trost sein und der meinige, geliebte Helene; freue
Dich Deiner Liebe und Deines Glückes und denke in Frieden und
Freude an

Deine Lotte.

Über tredition

Eigenes Buch veröffentlichen

tredition wurde 2006 in Hamburg gegründet und hat seither mehrere tausend Buchtitel veröffentlicht. Autoren veröffentlichen in wenigen leichten Schritten gedruckte Bücher, e-Books und audio-Books. tredition hat das Ziel, die beste und fairste Veröffentlichungsmöglichkeit für Autoren zu bieten.

tredition wurde mit der Erkenntnis gegründet, dass nur etwa jedes 200. bei Verlagen eingereichte Manuskript veröffentlicht wird. Dabei hat jedes Buch seinen Markt, also seine Leser. tredition sorgt dafür, dass für jedes Buch die Leserschaft auch erreicht wird.

Im einzigartigen Literatur-Netzwerk von tredition bieten zahlreiche Literatur-Partner (das sind Lektoren, Übersetzer, Hörbuchsprecher und Illustratoren) ihre Dienstleistung an, um Manuskripte zu verbessern oder die Vielfalt zu erhöhen. Autoren vereinbaren direkt mit den Literatur-Partnern die Konditionen ihrer Zusammenarbeit und partizipieren gemeinsam am Erfolg des Buches.

Das gesamte Verlagsprogramm von tredition ist bei allen stationären Buchhandlungen und Online-Buchhändlern wie z. B. Amazon erhältlich. e-Books stehen bei den führenden Online-Portalen (z. B. iBookstore von Apple oder Kindle von Amazon) zum Verkauf.

Einfach leicht ein Buch veröffentlichen: **www.tredition.de**

Eigene Buchreihe oder eigenen Verlag gründen

Seit 2009 bietet tredition sein Verlagskonzept auch als sogenanntes "White-Label" an. Das bedeutet, dass andere Unternehmen, Institutionen und Personen risikofrei und unkompliziert selbst zum Herausgeber von Büchern und Buchreihen unter eigener Marke werden können. tredition übernimmt dabei das komplette Herstellungs- und Distributionsrisiko.

Zahlreiche Zeitschriften-, Zeitungs- und Buchverlage, Universitäten, Forschungseinrichtungen u.v.m. nutzen diese Dienstleistung von tredition, um unter eigener Marke ohne Risiko Bücher zu verlegen.

Alle Informationen im Internet: **www.tredition.de/fuer-verlage**

tredition wurde mit mehreren Innovationspreisen ausgezeichnet, u. a. mit dem Webfuture Award und dem Innovationspreis der Buch Digitale.

tredition ist Mitglied im Börsenverein des Deutschen Buchhandels.

Dieses Werk elektronisch lesen

Dieses Werk ist Teil der Gutenberg-DE Edition DVD. Diese enthält das komplette Archiv des Projekt Gutenberg-DE. Die DVD ist im Internet erhältlich auf **http://gutenbergshop.abc.de**

Zeitfracht Medien GmbH
Ferdinand-Jühlke-Straße 7
99095 Erfurt, Deutschland
produktsicherheit@kolibri360.de